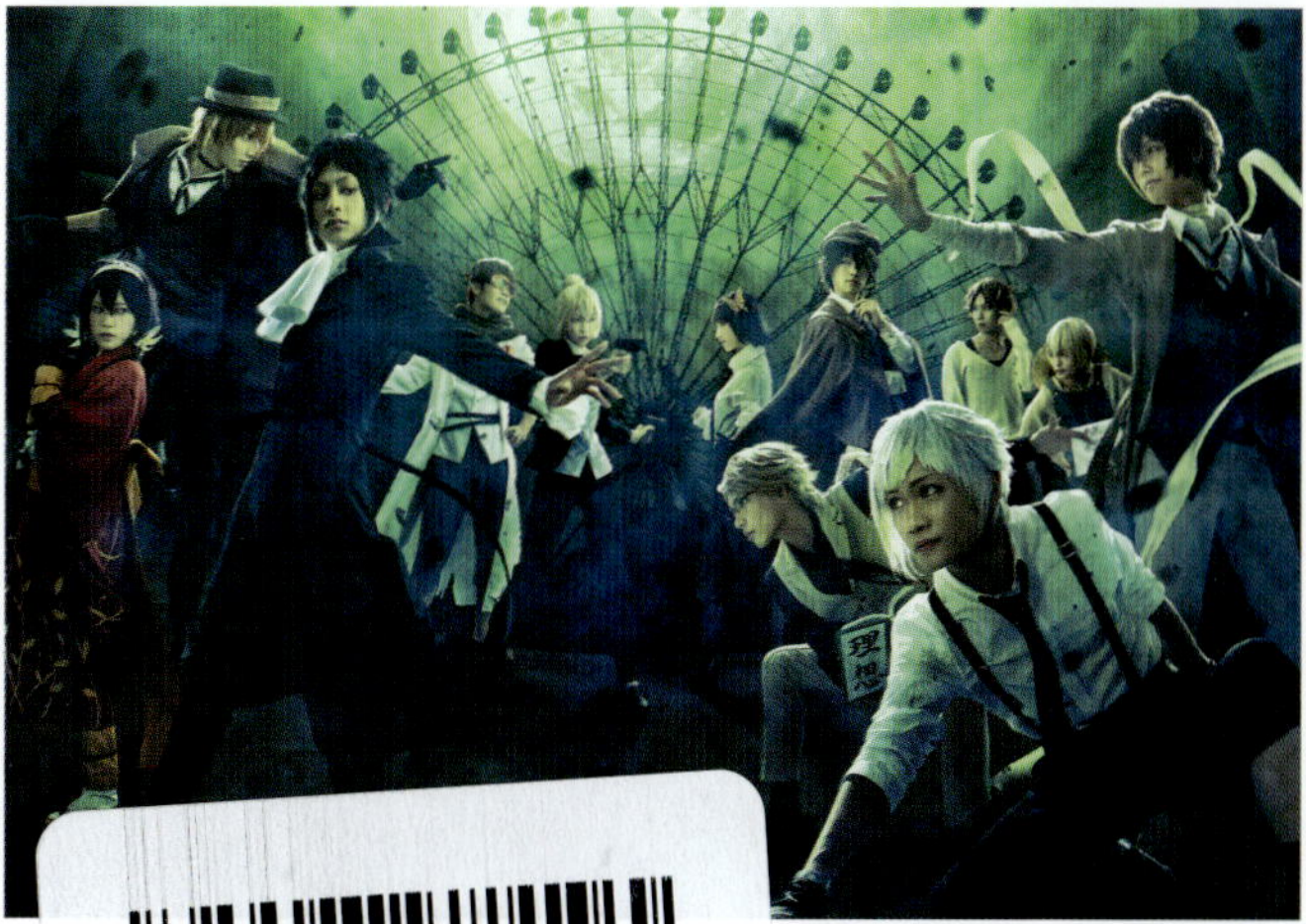

JN230819

舞台
文豪ストレイドッグス
Bungo Stray Dogs on Stage

SCENARIO AND INTERVIEW BOOK

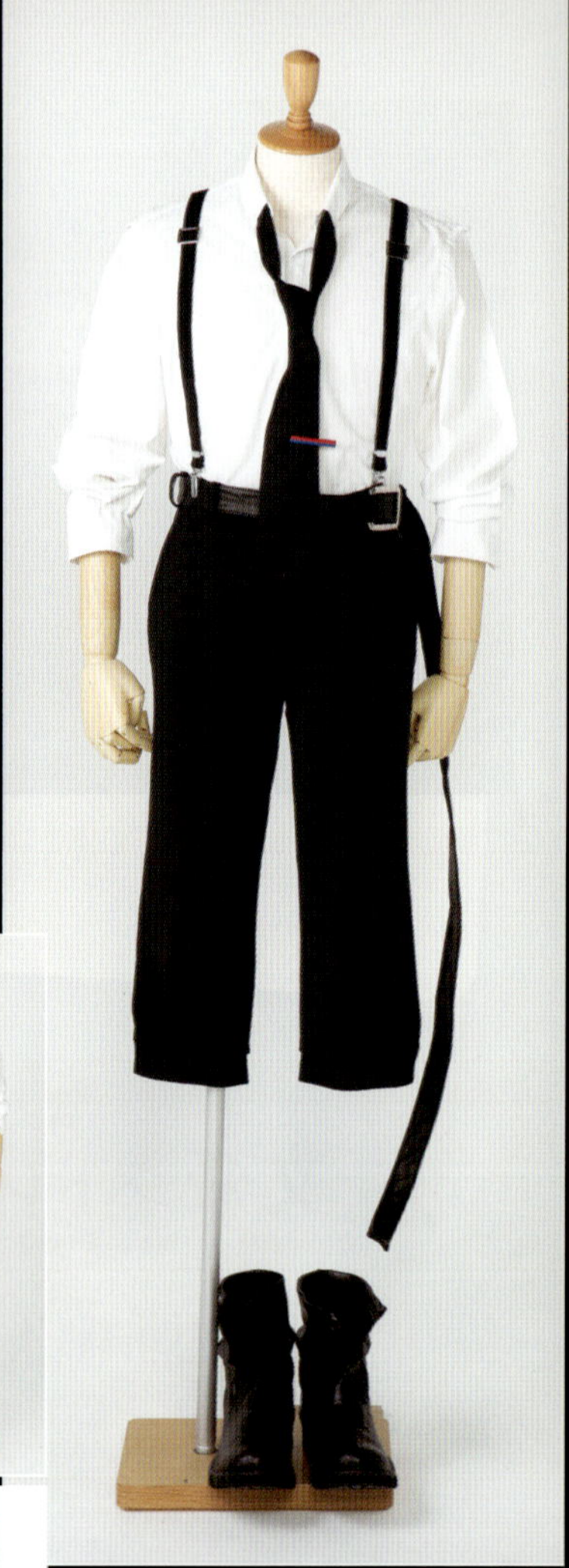

中島敦

Nakajima Atsushi

太宰治

Dazai Osamu

芥川龍之介

Akutagawa Ryunosuke

舞台　文豪ストレイドッグス

SCENARIO AND INTERVIEW BOOK

作／舞台「文豪ストレイドッグス」製作委員会

著／御笠ノ忠次

原作／朝霧カフカ

編／角川ビーンズ文庫編集部

21656

角川ビーンズ文庫

本書に収録されている脚本は、上演前の最終稿です。
本舞台は脚本ができあがったあとに、キャストや演出家ら制作陣が稽古を通じ、
作品をよりよく創り上げていく過程を経て上演されたものです。
その点、ご理解頂けますようお願い申し上げます。

目次

宣伝美術協力／Gene & Fred
衣裳写真撮影／島本絵梨佳

脚本

舞台　文豪ストレイドッグス

公 演 情 報

横浜公演

2017年12月22日(金)〜24日(日)
KAAT神奈川芸術劇場 ホール

大阪公演

2018年1月12日(金)〜13日(土)
森ノ宮ピロティホール

東京公演

2018年1月31日(水)〜2月4日(日)
AiiA 2.5 Theater Tokyo

『文豪《ぶんごう》ストレイドッグス』

第6稿《こう》

御笠《みかさ》ノ忠次《ちゅうじ》

《登場人物》

中島敦《なかじまあつし》　鳥越裕貴《とりごえゆうき》
太宰治《だざいおさむ》　多《た》和《わ》田《だ》秀弥《ひでや》
国木《くにき》田《だ》独歩《どっぽ》　輝馬《てるま》
江《え》戸《ど》川乱歩《がわらんぽ》　長江《ながえ》崚行《りょうき》
谷崎潤一郎《たにざきじゅんいちろう》　桑野晃輔《くわのこうすけ》
宮沢賢治《みやざわけんじ》　堀之内仁《ほりのうちひとし》
与《よ》謝《さ》野《の》晶子《あきこ》　今村美《いまむらみ》歩《ほ》

谷崎《たにざき》ナオミ　齋藤明里《さいとうあかり》
芥川龍之介《あくたがわりゅうのすけ》　橋本祥平《はしもとしょうへい》
梶井基次郎《かじいもとじろう》　正木航平《まさきこうへい》
泉鏡花《いずみきょうか》　桑江咲菜《くわえさきな》
樋口一葉《ひぐちいちよう》　平田裕香《ひらたゆか》
中原中也《なかはらちゅうや》　植田圭輔《うえだけいすけ》

【0場】

開演を告げるベルが鳴る。

これから芝居《しばい》が始まろうという時に突如《とつじょ》として客席に現れる江戸川乱歩。駄菓子《だがし》などを食べている。

江戸川乱歩「えーと…僕の席は何処《どこ》かな？」

席を探している乱歩。

お客さんの一人に向かって、

江戸川乱歩「あれ？　そこ、僕の席じゃない？　え？　違《ちが》う？　ホントに？　ダフ屋から買った偽物《にせもの》のチケットだったりしない？　え？　いまどきダフ屋なんていない？　それもそうだね。ごめんね、お詫《わ》びにこれ、食べる？」

駄菓子を渡《わた》そうとする乱歩。

お客さんが受け取った場合、

江戸川乱歩「お姉さん、劇場内は飲食禁止だよ」

お客さんが受け取るのを躊躇《ちゅうちょ》した場合、

江戸川乱歩「え？　劇場内は飲食禁止なの？」

等々有って、

江戸川乱歩「不思議だよね、歌舞伎《かぶき》なんかは劇場内でも食べられるのに…現代劇っていうのは小難しいなぁ。え？　ってことはこれから二時間二十分、飲まず食わずでお芝居を観《み》るってこと？　大丈夫《だいじょうぶ》？　死んじゃわない？　大丈夫なんだ…途中休憩《とちゅうきゅうけい》もございますし？　ふ〜ん、そういうもんか。でも休憩時間の婦人用トイレは込むよ〜？　今のうちに行っておいた方が良いんじゃない？　大丈夫？　あ、そう。ならいいけど」

乱歩は舞台《ぶたい》の方を見つめて、

江戸川乱歩「…しかしながら…ここに来るのも久しぶりだなぁ」

乱歩は感慨《かんがい》深そうに少々しんみりとした雰囲気《ふんいき》も醸《かも》しつつ、

江戸川乱歩「…ここはね…僕の原点なんだ…探偵《たんてい》としてのね……詳《くわ》しくは角川ビーンズ文庫より発売中の小説版第三弾《だん》、探偵社設立秘話をよろしくどーぞ…」

しんみり流れでちゃっかりと宣伝も折り込みつつ、突如発奮する乱歩。

江戸川乱歩「っていうかやっぱり無理だって！　二時間二十分もじっと座ってるなんて！　…みんなどうかしちゃってるんじゃないの？　お芝居なんてものの五分でだいたいの筋がわかるじゃん！　え？　わからない？　嘘《うそ》でしょ？　サスペンスだったら『事件が起きる』『事件が解決する』の2ターンだし、恋愛《れんあい》ものだったら『男女が出会い』『男女が別れ』『男女が再会する』の3ターンだよ！　そんな単純なものじゃない？　そうかなあ…みんな難しく考え過ぎなんじゃ…」

携帯《けいたい》が鳴る。

江戸川乱歩「誰《だれ》？　上演中は電源オフだよ……あ、僕か」

乱歩は携帯を取り出す。

江戸川乱歩「ああ、国木田かい？　名探偵に何かようかな？　虎《とら》が出た？　…

そりゃ虎ぐらい出るだろうね、ここは横浜《よこはま》なんだから。今から？　虎を？　捕《と》える…ふーん…国木田、それって…うん、自分で気づいたね。目に見えるようだよ、意図せず駄洒落《だじゃれ》を言ってしまって後悔《こうかい》のあまり悶《もん》絶《ぜつ》する国木田の姿がね。それで、なんだっけ？　ああ、虎か。わかってると思うけど、僕は今日、非番なんだよ。それに、そういう肉体労働は君達が専門だろう？　僕の仕事じゃないよ、太宰でも連れてったら？……川に飛び込んだ…ふーん、相変わらず風流だね。とにかくそういうのは…ん？　下の『うずまき』で？　クリームあんみつ…奢《おご》りかい？　いやいやいや、僕はそんなに安い男じゃ…マカロンも付くというのかい？　うーん…マカロンが…三つか……そこまで頼《たの》み込まれたんじゃ一肌脱《ひとはだぬ》がないわけにはいかないね！　虎の正体がわかれば良いんだね？　ちょっと待って」

乱歩が眼鏡をかける。

江戸川乱歩「はっはっは！　全くしょうがないなあ！　肉体労働はめんどくさ

いからアレだけど、クリームあんみつにマカロンに、デザートにカヌレまで添《そ》えられたんじゃ手伝わないわけにはいかないよね！　良いかい国木田、よく聞きなよ、虎の正体は……あら、充電《じゅうでん》が切れちゃった。……しょうがないなあ…直接伝えに行くか…」

乱歩がいなくなる。

開演。

明かりが落ちていく。

薄闇《うすやみ》の中、獣《けもの》の唸《うな》り声が聞こえる。

虎が現れ、空間中を駆《か》けまわる。

暗闇に包まれる。

1幕【1場】

夕暮れ。
鶴見川《つるみ》のほとり。
みすぼらしい身なりをした少年、中島敦が沈《しず》みゆく夕陽《ゆうひ》を眺《なが》めている。

中島敦「…盗《ぬす》むべきか…奪《うば》うべきか……生きたければ…盗むか奪うしかない…」
敦は誰もいない虚空《こくう》を見つめ、
中島敦「…そう教えたのは…あなただ」
何処《どこ》からか声が聞こえて来る。
院長「(OFF)この孤児院《こじいん》にお前の居場所など無い! 何処ぞで野垂れ死ん

でしまえ！」

耳を押さえ、表情を歪《ゆが》める敦。

中島敦「…五月蠅《うるさ》い…あなたはそんなことを教えたつもりは無いと言うだろう…僕に救いでも説いていたつもりなんだろう…五月蠅い…あなたがなんと言おうと僕はあなたから学んだ…生きたければ…盗むか奪うしか無いんだ！」

きゅるる〜と、敦の腹が鳴る。

空腹のあまりパッタリと倒《たお》れる敦。

中島敦「…つまりは…腹減った」

夕陽が今にも沈もうとしている。

中島敦「…一杯《いっぱい》の茶漬《ちゃづ》け…旨《うま》かったなあ…孤児院の台所で人目を忍《しの》んで食った夜の茶漬け……って言うか…腹減って死ぬ…」

這《は》いつくばる敦。

院長「(OFF) 野垂れ死んでしまえ」

中島敦「!」

敦はなんとか立ち上がろうとする。

中島敦「…僕は…死なない…こんな処《ところ》で死んでたまるか…生きる…生きるんだ! そう…生きる為《ため》だ…僕は…生きる為に…次に通りかかった人を…生きる為に襲《おそ》い…財布《さいふ》を奪う生きる為に!」

なんとか立ち上がる敦。

と同時に、視線の先、川面に浮《う》かぶ人間の両足を認める。

その両足は、まるで現代アートのような趣《おもむき》で沈みゆく夕陽を支えるように天に向かって突《つ》き出している。

中島敦「わー！　川！　見えないがもしれないけどそこ川！　流れる川！　鶴見川！　一級河川の川！　川の中から天に向かって人間の足が突き出している状態！　つまり、これは、誰《だれ》かが溺《おぼ》れている状態！　助けなきゃ！」

敦は溺れていた男、太宰治を掬《すく》う、救う。

中島敦「ちょっと！　大丈夫《だいじょうぶ》ですか？　しっかりして下さい！」

太宰はピクリとも動かない。

中島敦「まさか…もう死んで…くそっ！　どうすれば…そうか、こういう時は人工呼吸…でも…男…いやいやいや、そんなこと言ってる場合じゃない！　人の命がかかってるんだ！　でも、人工呼吸ってどうやってやるんだっけ？　確か気道を確保して、鼻を摘《つま》んで、大きく息を吸って…」

自分の気道を確認《かくにん》し、自分の鼻を摘んで大きく息を吸う敦。

唇《くちびる》めがけて頭を振《ふ》りかぶるも、太宰はむくりと起き上がる。

勢い、地面にキスする敦。

太宰は冷静に敦を見つめ、

太宰治「…地面に接吻《せっぷん》…変わっているな」

中島敦「…」

太宰治「君は死神か？」

敦が顔を上げる。

中島敦「へ？」

太宰治「…では無さそうだ……助かったか……ちぇっ」
中島敦「ちぇ？」
太宰治「君かい？　私の入水《じゅすい》を邪魔《じゃま》したのは？」
中島敦「邪魔だなんて、僕はただ助けようと…入水？」
太宰治「知らんかね？　入水。つまり自殺だよ。私は自殺しようとしていたのだ。それを君が余計なことを…」

敦は自分に問いかけるように、

中島敦「あれ？　僕、今、怒《おこ》られてる？」

太宰は立ち上がりながら、

太宰治「まあ、人に迷惑《めいわく》をかけない清くクリーンな自殺が私の信条だ。だのに君に迷惑をかけた、これはこちらの落度、何かお詫《わ》びを…」

敦の腹が鳴る。

中島敦「…」
太宰治「…空腹かい？　少年」
中島敦「実はここ数日何も食べてなくて…」

太宰の腹も鳴る。

太宰治「私もだ。ちなみに財布《さいふ》も流された」
中島敦「ええ？　助けたお礼にご馳走《ちそう》っていう流れだと思ったのに！」

対岸から「おーい」と呼んでいるのは国木田独歩。

国木田独歩「おーい！　こんな処におったか唐変木《とうへんぼく》」
太宰治「おー国木田君、ご苦労様」

独歩は手帳を取り出し、

国木田独歩「苦労は凡《すべ》てお前の所為《せい》だ、この自殺マニア！　お前はどれだけ俺の計画を乱せば…」

太宰は独歩をガン無視して、

太宰治「そうだ君、彼に奢《おご》ってもらおう」
中島敦「へ？」
国木田独歩「聞けよ！」
太宰治「君、名前は？」
中島敦「中島…敦ですけど…あの、あなたは…」
国木田独歩「聞けというのがわからんか太宰！」
中島敦「…太宰？」
太宰治「ああ、私の名だよ……太宰、太宰治だ」

オープニング。

【2場】

食堂。
敦の前には積み上げられた大量のどんぶり。
独歩は怒《いか》りに震《ふる》えながらテーブルに突っ伏《ぷ》している。
敦は数十杯目《ぱいめ》の茶漬《ちゃづ》けを完食し、

中島敦「はー食った！　もう茶漬けは十年は見たくない」
国木田独歩「…貴様」
中島敦「ほんっとーに助かりました。横浜に来てから食べるものも寝《ね》るところも無くて…あわや斃死《へいし》かと」
国木田独歩「なんだ、貴様宿無しか」
中島敦「…はい」
国木田独歩「まだ十代だろう？　親は？」
中島敦「…僕は…孤児院《こじいん》に居たんです…つい先日まで」

国木田独歩「…戦災孤児か」
中島敦「…」
太宰治「…ふうん、君、施設《しせつ》の出かい？」
中島敦「…追い出されたんです…経営不振《ふしん》だとか事業縮小だとかで…」
太宰治「それは薄情《はくじょう》な施設もあったものだね」
中島敦「……お二人は何のお仕事を？」
太宰治「…なァに…探偵《たんてい》さ」
中島敦「…探偵」
国木田独歩「探偵と云《い》っても斬《き》った張ったの荒事《あらごと》が領分だ。異能力集団、武装探偵社を知らんか？」
中島敦「…武装探偵社…軍や警察に頼《たよ》れない危険な依頼《いらい》を専門にする探偵集団…ですよね」
国木田独歩「そうだ。社員の多くは異能を持つ能力者だ」
中島敦「…では…お二人も能力者？」
太宰治「さァ、それはどうなんだろうねえ。あ、ちなみに国木田君はここの支《し》払《はら》いを後からキッチリ半額私からせしめようとする『ドケチ』という異能力を持っているよ」
国木田独歩「ちなみにコイツの異能力は『夜逃《よに》げ』『借りパク』『踏《ふ》み倒《たお》し』の三つだ。貴様も大事なものを掠《かす》め取られないように注意しておけ」
太宰治「流石《さすが》は国木田君、私の事をよく理解してくれている。今回も全力で踏み倒させて頂くよ」
国木田独歩「全力で阻止《そし》しよう」
中島敦「…そ、それで…お二人の今日のお仕事は？」
国木田独歩「…虎探《とらさが》しだ」
中島敦「！」
敦は心に奇妙《きみよう》な疼《うず》きを感じる。
中島敦「…虎探し？」
太宰治「近頃《ちかごろ》街を荒《あ》らしている虎だよ。この近くで目撃《もくげき》されたらしいんだけど」
敦は俯《うつむ》き、

中島敦「…無理だ…奴《やつ》に、人間が敵《かな》うわけない」

沈黙《ちんもく》。

国木田独歩「…貴様、何か知っているのか？」

中島敦「！」

敦は思わず逃《に》げようとするが独歩の体術でひっくり返され、腕《うで》を極《き》められる。

国木田独歩「云っただろう、武装探偵社は荒事専門だと」
中島敦「…あいつは僕を狙《ねら》ってる！　僕は殺されかけたんだ！」
国木田独歩「なんだと？」
太宰治「まあまあ国木田君」
国木田独歩「…」

独歩が極めていた技《わざ》を解く。

太宰治「…それで？」
中島敦「…うちの孤児院《こじいん》は…あの虎にぶっ壊《こわ》されたんです」
太宰治「…ほう」
中島敦「畑も荒らされ、倉も吹《ふ》き飛ばされて…貧乏《びんぼう》孤児院がそれで立ち行かなくなって…僕は…口減らしに…」

光が敦を抜《ぬ》く。

院長「（ＯＦＦ）お前のせいだ、この穀潰《ごくつぶ》し」
中島敦「何故《なぜ》です…僕は何も…」
院長「（ＯＦＦ）この院に穀潰しはいらぬ。いや、天下の何処にもお前の居場所はありはせん！」
中島敦「そんな…」
院長「（ＯＦＦ）この世の邪魔《じゃま》だ。皆《みな》の邪魔ゆえ消えよ。この世から消え失《う》せるがいい。お前には生きてる価値などない！」

世界が元に戻《もど》る。

中島敦「…」
太宰治「…そりゃ災難だったね」
国木田独歩「…それで？　小僧《こぞう》、殺されかけたと云うのは？」
中島敦「孤児院を出て鶴見川の辺りをふらふらしてた時…また襲《おそ》われたんです」
太宰治「…」
中島敦「あいつ…僕を追って街まで下りてきたんだ！」

敦は俯いている。

太宰治「…敦君」
中島敦「…？」
太宰治「これから暇《ひま》？」

中島敦「…猛烈《もうれつ》に嫌《いや》な予感がするのですが」
太宰治「君が虎に狙われているのなら好都合…虎探しを手伝ってくれないかな？」
中島敦「！」
驚《おどろ》きの表情を浮《う》かべる敦。
微笑《ほほえ》む太宰。
光が切り替《か》わって別空間。

【3場】

電車内。

乱歩がいる。

つり革《かわ》を持っていたりと、そこそこ馬鹿馬鹿《ばかばか》しい理由で此処《ここ》が電車内だということがわかる。

江戸川乱歩「だいたいよくわからないんだよね。虎《とら》が出たことくらいで世の中が騒《さわ》ぐのがさ。虎くらい出ると思うんだけど、横浜なんだし。重ねてよくわからないのが、なぜ我々武装探偵社《たんてい》がその虎を捕《つか》まえなくてはならないのか。依頼《いらい》があったから。それはその通り。でもね、虎退治なんていうのは清正公《きよまさ》のような武辺者の仕事だよ。確かに武装探偵社の武装にはそういう意味も含《ふく》まれているし、実際力自慢《ちからじまん》の社員もいるけどさ、重要なのは探偵の部分だと思うんだよね。探偵は頭を使わないと…あ、でも一休《いっきゅう》さんは頭を使って虎退治しているな…うん、じゃあ僕は一休さんの気分で虎を捕まえるとしよう」

ガタンゴトンと、電車の音が響《ひび》く。

江戸川乱歩「…ところで、この列車はいったい何処《どこ》に向かっているんだろうな。一向に着きやしない」

同様に、つり革を持った与謝野晶子と宮沢賢治が現れる。

宮沢賢治「あれ？　あそこにいるのは乱歩さんじゃないですか？」

与謝野晶子「まさか。乱歩さんが一人で列車に乗っているはずが…」

宮沢賢治「乱歩さん！」

江戸川乱歩「やあ、これはこれは与謝野さんに賢治君、こんなところで会うなんて奇遇《きぐう》だね」

与謝野晶子「乱歩さん、一人で列車に乗れるようになったのかい？」

江戸川乱歩「馬鹿にしないでもらえるかな。乗ることくらいは前から出来たさ。ただ、その『乗る』という言葉に『列車に乗って目的地で降りる』所まで含まれているのなら与謝野さんの指摘《してき》は慧眼《けいがん》と言わざるを得ないね」
与謝野晶子「つまり、まだ一人では乗れないんだね」
宮沢賢治「乱歩さんも太宰さんのところに？」
江戸川乱歩「彼は今頃《いまごろ》東京湾《わん》辺りじゃないのかい？」
宮沢賢治「大丈夫《だいじょうぶ》だったみたいですよ」
与謝野晶子「国木田から連絡《れんらく》があった。太宰が例の虎の居場所を特定したみたいだよ」
江戸川乱歩「ふむ、太宰ならそれくらいやるだろうねえ」
宮沢賢治「僕達はこれから国木田さんと合流して現場に向かう所なんです！」
与謝野晶子「乱歩さんも一緒《いっしょ》にどうだい？」
江戸川乱歩「君達、今日は非番じゃなかった？」
与謝野晶子「相手が虎なら、誰《だれ》かが大怪我《おおけが》してくれるんじゃないかと思ってね」
宮沢賢治「僕は虎を見てみたいんです」
江戸川乱歩「なるほどね、じゃあ僕も一緒に行こうかな、こっちだね？」

乱歩は歩き出す。

与謝野晶子「こっちだよ」

乱歩は何事も無かったように反転して与謝野と賢治の後を歩く。

三人がいなくなる。

【4場】

倉庫内。

鉄製の扉《とびら》が開いている。
扉の向こうには叢雲《むらくも》に包まれた月がかろうじて見えている。
太宰は木箱に座りながら静かに『完全自殺マニュアル』を読んでいる。

中島敦「…本当にここに現れるんですか？」
太宰治「本当だよ」
中島敦「…」

何処か落ち着かない敦。

太宰治「心配いらない。虎が現れても私の敵じゃないよ。こう見えても武装探偵社の一隅《いちぐう》だ」

敦は俯《うつむ》き、

中島敦「…はは、凄《すご》いですね自信のある人は…僕なんか孤児院《こじいん》でもずっと駄目《だめ》な奴《やつ》って言われてて…」

敦は更《さら》にマイナスに落ちていき、

中島敦「…こんな奴がどこで野垂れ死んだって…いっそのこと虎に食われて死んだほうが…」

太宰治「…」

太宰は一瞬《いっしゅん》だけ月を見上げる。

太宰治「…さて、そろそろかな」

中島敦「…」

静寂《せいじゃく》。

ガタリと、何かが崩《くず》れる物音。

中島敦「！」

ビクリとする敦。

中島敦「…きっと奴です…太宰さん」
太宰治「…そうだね」
中島敦「虎だ…僕を食いに来たんだ！」

敦は立ち上がり、扉の外を気にする。

太宰治「落ち着きたまえよ敦君、虎《とら》は君を食べたりしないよ」
中島敦「どうして判《わか》るんです！」

太宰はようやく本を閉じる。

太宰治「…そもそも変なんだよ、敦君」
中島敦「…変？」
太宰治「養護施設《しせつ》が児童を追放するかい？　経営が傾《かたむ》いたのなら一人や二人追い出したところでどうにかなるものではない」
中島敦「…太宰さん…何を言って」

雲が晴れ、満月の光が降り注ぐ。

中島敦「…！」

敦は満月を見上げる。

太宰治「…君が横浜に来たのが二週間前。虎が現れたのも二週間前。鶴見川で
虎が目撃《もくげき》されたのは四日前。君があの辺りを根城にし始めたのも四日前
だと云《い》っていたね」

中島敦「…」

敦が俯く。

扉が少しずつ閉まっていく。

太宰治「敦君、巷間《こうかん》にはあまり知られていないが。この世には異能の者が少なからず存在する…その力で成功する者もいれば…力を制御《せいぎょ》出来ず身を滅ぼす者もいる…おそらく、施設の人は虎の正体に気づいていたが…君には教えなかったのだろう…」

扉が閉まり、敦の姿が見えなくなる。

太宰は正面を見据《みす》え、

太宰治「君だけがわかっていなかったのだよ。君も異能の者だ。現身《うつしみ》に飢獣《きじゅう》を降ろす月下の能力者」

扉が開くと、そこには巨大《きょだい》な白虎《びゃっこ》。

白虎の唸《うな》り声が響《ひび》き渡《わた》る。

太宰に襲《おそ》いかかる白虎。

避《よ》ける太宰。

太宰が座っていた木箱は白虎の攻撃《こうげき》で砕《くだ》け散る。

太宰は白虎の連続攻撃を避けながら、

太宰治「こりゃ凄い力だ。人間の首くらい簡単にへし折れる」

　太宰と白虎が対峙《たいじ》する。

太宰治「獣に喰《く》い殺される最期《さいご》というのも中々悪く無いが…」

　白虎が太宰に襲いかかる。

太宰治「君では私を倒《たお》せない」

　太宰は白虎にそっと触《ふ》れる。

　白虎の動きが止まる。

太宰治「私の能力は…あらゆる他《ほか》の能力を…触れただけで無効化する」

白虎が掻《か》き消え、そこには敦が立っている。

意識を失って崩れ落ちる敦を太宰が支える。

太宰治「…」

太宰は敦をポイと投げ捨て、

太宰治「男と抱《だ》き合う趣味《しゅみ》は無い」

独歩、与謝野、賢治、乱歩がやって来る。

太宰治「ああ、遅《おそ》かったね、虎は捕《つか》まえたよ」

与謝野晶子「なんだ、怪我《けが》人は無しかい？　つまんないねェ」

江戸川乱歩「はっはっは、なかなか出来るようになったじゃないか太宰。まあ、僕には及《およ》ばないけどね」

宮沢賢治「でも、そのヒトどうするんです？　自覚は無かったわけでしょ？」

国木田独歩「どうする太宰？　一応区の災害指定猛獣《もうじゅう》だぞ」

太宰は微笑《ほほえ》み、

太宰治「…実はもう決めてある」

国木田独歩「？」

太宰治「とりあえず運ぼうか」

賢治が敦を背負い、武装探偵《たんてい》社の面々はいなくなる。

しばらくの静寂《せいじゃく》。

月が陰《かげ》る。

銃《じゅう》を持った悪党が三人現れる。

悪党A「何処《どこ》だよ例の虎《とら》は？」

悪党B「間違《まちが》いねえって、見たんだから」

悪党C「取っ捕まえて闇市《やみいち》で売れればえれぇ金になるらしいな」

悪党A「…いねえじゃねえか、本当に見たのかよ」

悪党B「ホントだって…ほら、見てみろよ」

破壊《はかい》された木箱を見て、

悪党B「やっぱりここにいたんだって」

悪党A「いた、じゃ駄目《だめ》だろ！　今いねえと意味ねえじゃねーか！」

悪党B「うるせーなぁオメーは！　さっきから文句ばっかりたれやがって！」

黒い外套《がいとう》を着た男、芥川龍之介が現れる。

芥川龍之介「…」

ゴホゴホと咳《せ》き込む芥川。

悪党Cは芥川に気がつき、

悪党C「おい、あれ」
悪党B「あ？」
芥川龍之介「…人虎《じんこ》は…何処《いずこ》ぞ」
悪党A「なんだテメエは？」

近づこうとした悪党Aが芥川の放った黒い影《かげ》に引き裂《さ》かれて絶命する。

悪党C「ひ、ひい！」

芥川龍之介「…人虎は…何処ぞ」
悪党A「こ、この野郎《やろう》！」
悪党達は芥川めがけ銃を乱射する。
芥川の放つ影が全ての銃弾《じゅうだん》を遮《さえぎ》る。
芥川龍之介「…主らでは…僕《やつがれ》に触れることは出来ぬ」
悪党C「ば、ばけもんだあ！」
逃《に》げようとする悪党達に影が迫《せま》り、斬《き》りつける。
悪党達が動かなくなる。
芥川龍之介「…」

樋口一葉が現れる。

樋口一葉「…芥川先輩《せんぱい》」
芥川龍之介「…樋口か」
樋口一葉「…人虎が…武装探偵社の手に」
芥川龍之介「…そうか」
樋口一葉「…接触《せっしょく》し、揺《ゆ》さぶりをかけます」
芥川龍之介「…まかせる」

樋口は一礼して去って行く。

芥川龍之介「…武装探偵社…か」

芥川の放つ影が空間を縦横無尽《じゅうおうむじん》に走り、埋《う》め尽《つ》くす。
完全なる闇《やみ》が訪《おとず》れる。

【5場】

朝がやって来る。

武装探偵社の寮《りょう》の一室。

敦が目を覚ます。

中島敦「……ここ……何処だ？」

携帯電話《けいたいでんわ》が鳴る。

イマイチ携帯の使い方がわからない敦。

中島敦「は、はい？」

太宰治「(ＯＦＦ)やあ敦君、どうだい？　善く眠《ねむ》れた？」
中島敦「お陰さまで…」
太宰治「(ＯＦＦ)それは良かった。ところで頼《たの》みがあるのだが…」
中島敦「？」

寮のスペースとは反対側のスペースに明かりが射《さ》す。
ドラム缶《かん》に挟《はさ》まっている太宰。

太宰治「助けて、死にそう」

敦が太宰のいるところまで移動する。

中島敦「…」
太宰治「やあ、よく来たね」
中島敦「え…何ですかこれ？」

太宰治「何だと思うね」
中島敦「…朝の幻覚《げんかく》？」
太宰治「違《ちが》う。こうした自殺法があると聞き、さっそく試《ため》してみたのだ。が、
苦しいばかりで一向に死ねない」
中島敦「でも、自殺なのでしょう？ そのまま行けるところまで行けば…」
太宰治「苦しいのは嫌《いや》だ。当然だろう？」
中島敦「…なるほど。同僚《どうりょう》のかたに救援《きゅうえん》は求めなかったんですか？」
太宰治「求めたよ。でも私が『死にそうなのだ』と助けを請《こ》うたとき、みんな
なんと答えたと思う？」
中島敦「死ねばいいじゃん」
太宰治「御名答《ごめいとう》」

敦は太宰をドラム缶から救出する。

中島敦「…ところで、あの…」
太宰治「ああ、あの部屋かい？ あれは武装探偵《たんてい》社の社員寮だから自由に使っ

　　　　てくれていいよ」
中島敦「本当ですか！」
　敦は猛烈《もうれつ》に喜びを噛《か》みしめ、
中島敦「夢にまで見た個室…反省用の独居房《どっきょぼう》ではない個室…」
太宰治「それからその携帯電話も使ってくれたまえ」
　敦は重ねて喜びを噛みしめ、
中島敦「…個人用の文明の利器…」
　敦は我に返り、
中島敦「でも、どうしてここまでしてくれるんですか？」
太宰治「いや、なに、そのね」

中島敦「？」
太宰治「そうそう、君に仕事を斡旋《あっせん》しようと思ってね」
中島敦「本当ですか？」
太宰治「任せたまえよ。我が名は太宰、社の信頼《しんらい》と民草《たみくさ》の崇敬《すうけい》を一身に浴す男」
　遮《さえぎ》るように独歩が現れ、
国木田独歩「ここに居《お》ったかァ！　この包帯無駄遣《むだづか》い装置！」
太宰治「…」
　太宰は静止し、少し傷ついた様子で、
太宰治「…国木田君、今の呼称《こしょう》はどうかと思う」
国木田独歩「この非常事態に何をとろとろ歩いて居るのだ！　早く来い！」
中島敦「あの、非常事態って…」
国木田独歩「…爆弾魔《ばくだんま》が人質《ひとじち》をとって探偵社に立て籠《こも》った」

顔を見合わせる太宰と敦。

駆《か》け出す三人。

場面が探偵社に切り替《か》わる。

【6場】

武装探偵社。

若者、谷崎潤一郎が女学生、谷崎ナオミを人質にとっている、体裁《ていさい》。

谷崎潤一郎「…嫌だァ…もう嫌だ…全部お前等《ら》の所為《せい》だ…武装探偵社が悪いンだ！　社長は何処《どこ》だ！　早く出せ！　でないと…爆弾《ばくだん》でみんな吹《ふ》っ飛んで死ンじゃうよ！」

谷崎は爆弾の遠隔起爆《えんかくきばく》装置、のような物を持っている。

近くにはタイマーの付いた爆弾、のような物も置かれている。

太宰、独歩、敦がやって来る。

三人はそれぞれ物陰《ものかげ》に身を隠《かく》し、

国木田独歩「…怨恨《えんこん》だな」
太宰治「うちは色んな処《ところ》から恨《うら》みを買うからねえ」
中島敦「あの、女の子の近くにあるアレって…」
太宰治「高性能爆薬《ばくやく》だ。この部屋くらいは吹き飛んじゃうだろうね」
中島敦「そんな…」
太宰治「爆弾に何かを被《かぶ》せて爆風を抑《おさ》えるって手もあるけど…この状況《じょうきょう》ではね」
中島敦「…」
国木田独歩「…どうする？」
太宰治「社長に会いたがってるんでしょ？　会わせてあげたら？」
国木田独歩「殺そうとするに決まってるだろ！」
太宰治「…となると」

　太宰と独歩が同時に構える。

中島敦「？」

妙《みょう》に真剣《しんけん》で、妙に無言の内に繰《く》り広げられる太宰と独歩のじゃんけん。
数度のあいこの後に太宰が勝ち、独歩に向かって「どうぞ、お先に」という身振《みぶ》り。
太宰は嬉《うれ》しそうであり、独歩は実に悔《くや》しそう。
無言で「早く行け」という身振りの太宰。
悔しさのあまり威嚇《いかく》の身振りなどを返しつつ、独歩は谷崎に向かって行く。
国木田独歩「落ち着け少年」
谷崎潤一郎「来るな！　吹き飛ばすよ！」
谷崎は起爆装置を独歩に向ける。

国木田独歩「…」

独歩は両手を上げる。

谷崎潤一郎「知ってるぞ。アンタは国木田だ。アンタも異能とかいうのを使うンだろ？　妙な素振《そぶ》りをしたら道連れだ！」

太宰は隠れて様子を窺《うかが》いながら思考する。

太宰治「まずいねこれは…探偵社《たんていしゃ》に私怨《しえん》を持つだけあって社員のことを調べあげている。私が行っても余計に警戒《けいかい》されるだけか…さて、どうしたものか…」

太宰は初めて気がついたかのように敦を見る。

ニヤリと笑う太宰。

太宰治「…あ・つ・し・くん」

　敦は全力で嫌《いや》な予感を感じ、

中島敦「なんだかわかりませんけど、お断りします」
太宰治「まあ聞きたまえ。社員が行けば犯人を刺激《しげき》する。となれば面の割れていない君が行くしかない」
中島敦「むむ、無理ですよそんなの！　第一どうやって…」
太宰治「なあに、犯人の気を逸《そ》らせてくれたら後は我々がやるよ」
中島敦「でも…」
太宰治「信用したまえ」

　と、言いながら敦を突《つ》き飛ばす太宰。

中島敦「！」

谷崎の視界に入ってしまう敦。
半ばパニックになった敦は落ちていた冊子を拾い、何故《なぜ》かメガホン状にする。

中島敦「や　ややややめなさーい！　親御《おやご》さんが泣いてるよ！」

及《およ》び腰《ごし》でド下手。

谷崎潤一郎「な、なんだアンタ！」
中島敦「ぼぼ僕は騒《さわ》ぎをき聞きつけた一般《いっぱん》市民です！　いいい、生きてれば好《い》いことあるよー」
谷崎潤一郎「無責任なこと云《い》うな！　みんな死ねば良いンだ！」

敦は一つ呼吸を入れる。
落ち着いた敦はなんだかよくわからないテンションで己《おのれ》の境遇《きょうぐう》を早口に訴《うった》え始める。

中島敦「僕なんか孤児《こじ》で家族も友達も居なくてこの前孤児《こじ》院さえ追い出されて

行くあてもなくて…」

谷崎潤一郎「…え？」

敦の謎《なぞ》の剣幕《けんまく》に圧《お》され始める谷崎。

中島敦「その上害獣《がいじゅう》に変身しちゃうらしくて警察にバレたら多分縛《しば》り首だしとりたてて特技も長所も無いし誰《だれ》が見ても社会のゴミだけどヤケにならずに生きてるんだ虫けらだって生きてるんだ。ね、だから爆弾《ばくだん》なんか捨てて一緒《いっしょ》に仕事を探そう？　手に職つけよう？　(手にしていたのはアルバイト情報誌) ほら、時給930円から始めようよ」

ゾンビのようにゆっくりと谷崎に詰《つ》め寄る敦。

谷崎潤一郎「す、すいません…ぼ、ボクはそういうのでは…」

谷崎が恐怖《きょうふ》で後ずさる。

太宰治「国木田君」

独歩は頷《うなず》き、手帳を取り出し字を書き付ける。

国木田独歩「独歩《どっぽ》吟客《ぎんかく》！」

手帳のページがワイヤーガンに変わる。

谷崎目がけてワイヤーガンを放つ独歩。

谷崎潤一郎「！」

谷崎が起爆装置を取り落とす。

太宰治「確保！」

独歩が谷崎に蹴《け》りを見舞《みま》い、腕《うで》を極《き》めて確保する。

太宰治「一丁あがり〜」

中島敦「はぁ…良かった…」

安堵《あんど》してその場にへたり込む敦。

静寂《せいじゃく》。

ピッピッという機械音が聞こえる。

中島敦「…?」

太宰治「この音は…」

爆弾のタイマーが動いていることに気がつく敦。

中島敦「だ、太宰さん！　爆弾が起動して…」
国木田独歩「くそ！　落ちた時に起動したんだ！」
太宰治「敦君！　時間はあとどれくらい！」
中島敦「あと十秒です！」
太宰治「駄目《だめ》だ！　間にあわない！」
中島敦「爆弾に何か被《かぶ》せれば…でも…何を…」
不安を煽《あお》るようにタイマーの音が大きくなっていく。
院長の声が聞こえる。
院長「（ＯＦＦ）お前には生きてる価値などない」
中島敦「……あります……僕にだって！」
敦は爆弾を抱《だ》きかかえる。

太宰治「敦君！　何をしている！」
中島敦「身を隠《かく》して下さい！　僕の体で爆風《ばくふう》を抑《おさ》えます！」
太宰治「莫迦《ばか》！　やめるんだ敦君！」
中島敦「早く！」

ピーという長い音。

中島敦「ああああああああああああああ！」

静寂。

身を隠していた太宰、独歩、谷崎が敦の下《もと》にやって来る。

中島敦「…へ？」
国木田独歩「莫迦だとは思っていたが、これほどとは…」

太宰治「自殺マニアの才能があるね、彼は」
中島敦「へ？　え？」

ナオミは谷崎に飛びつく。

ナオミ「あぁーん！　兄様ぁ！　大丈夫《だいじょうぶ》でしたかぁぁ！」
谷崎潤一郎「いい痛い、痛いよナオミ、折れる折れる…って云《い》うか折れたァ！」
中島敦「…へ？」
国木田独歩「小僧《こぞう》、恨《うら》むなら太宰を恨め。もしくは仕事斡旋《あっせん》人の選定を間違《まちが》えた己《おのれ》を恨め」
太宰治「そういうことだよ敦君。つまりこれは一種の入社試験だ」
中島敦「…入社…試験？」

福沢諭吉《ふくざわゆきち》の声が轟《とどろ》く。

福沢諭吉「（ＯＦＦ）その通りだ」

ドーンと奥からラスボス風に福沢諭吉が現れる…気配だけする。
後光という名の目潰《めつぶ》しライトで姿は見えない。
中島敦「あ、あなたは？」
福沢諭吉「（OFF）武装探偵《たんてい》社社長、福沢諭吉」
中島敦「しゃ、社長、ですか…」
国木田独歩「…社長、結果は？」
福沢諭吉「（OFF）太宰に一任する」
福沢がいなくなる。
中島敦「あ、あの、これは…」
太宰治「君を社員に推薦《すいせん》したのだけど、如何《いかん》せん君は区の災害指定猛獣《もうじゅう》だ。採用すべきか社内でもめてね。で、入社試験をさせてもらったってわけ」
中島敦「…え、じゃあ」

太宰治「ああ、彼らはうちの社員だよ」
谷崎潤一郎「谷崎潤一郎と言います。こっちは妹のナオミです」
谷崎ナオミ「どうも」
中島敦「…じゃあ、全部…」
太宰治「そう。君を試《ため》す為《ため》の仕掛《しか》け」
中島敦「…つまり…」
太宰治「おめでとう、合格だってさ」
中島敦「…じゃあ…僕は…」

　太宰は大仰《おおぎょう》に両手を広げ、

太宰治「武装探偵社へようこそ」
中島敦「えええええええええええええ！」

　光が敦を抜《ぬ》き、敦の独白が始まる。

独白の背後では探偵社の日常。

中島敦「…こうして僕は武装探偵社の一員になった。罠《わな》に嵌《は》められたようなものだと思う。でも僕には他《ほか》に行くあても無かったし、太宰さんが…」

太宰が光に抜かれ、

太宰治「無理と云うなら強制は出来ないけど…そうなった場合、社員寮《りょう》は引き払《はら》ってもらわないとならない…また野宿生活に逆戻《ぎゃくもど》りだね、敦君」

太宰へ当たっていた光が消える。

中島敦「…僕に選択肢《せんたくし》なんて無かった。…ありがたいことだと思わなければいけないのかもしれない。このご時世、僕みたいに何も持っていない、なんの保証も無い人間を雇《やと》ってくれる会社なんて、ここ以外無いのかもしれない。ここに居れば、寮は保証されてるし、働いた分の給料ももらえる。それに、僕は災害指定猛獣…武装探偵社はそのことを知った上で僕を雇ってくれている…そうだ、前向きに考えないと。僕のこれまでの人生はあまり恵《めぐ》まれたものじゃ無かった…この機会に自分を変えたい。そうだ、僕は会社に所属する社会人になったんだ！　社会人って云ったら…なんていうか、立派だ。立派に社会を構成するのが社会人だ。よし、僕も今日から立派な社会人の一員として…」

周囲を見回す敦。


太宰は首を吊《つ》ろうとしている。

ナオミは谷崎にしなだれかかっている。

乱歩は駄菓子《だがし》を食べている。

独歩は「いかん！　コンマ6秒の遅刻《ちこく》だ！」と言っていなくなる。

与謝野は巨大《きょだい》な手術道具を手にし、「谷崎、怪我《けが》したんだって？　治してあげるよ」と谷崎に詰《つ》め寄る。

中島敦「…立派な…社会人…」

　ビルの外で巨大な爆発音《ばくはつ》が起き、みんなで見る。

中島敦「あれは…」

与謝野晶子「ああ、あれは逃《に》げた犯人に向かって賢治が何かぶつけたんだろう」

中島敦「何かって…あれ、タンクローリーですけど」

　明かりが敦だけを照らす。

中島敦「…この会社には…世間的な意味での立派な社会人なんて一人も居なかった…でも…なんだろう…こんなこと云っちゃなんだけど…なんだか…この会社は…とっても居心地《いごこち》が良い…僕が武装探偵社に順応するまで半日もかからなかったのではないだろうか…。いやいや、順応だけしてもしょうがない、やはり社会人なのだから仕事をせねば…僕は与《あた》えられた業務を瞬《またた》く間にこなした…とはいえ、新人の僕に与えられた仕事は『油断すると死のうとする太宰さんを見守る』『乱歩さんと一緒《いっしょ》に駄菓子を買いに行く』『賢治君と仲良くする』『与謝野さんに捕《つか》まらない』『独歩さんの動線の邪魔《じゃま》をしない』『谷崎さんとナオミさんの関係を追及《ついきゅう》しない』それくらいのものだったけど…ひょっとしたらこの会社は暇《ひま》なのかもしれない…それはそれで悪く無いかもしれない…そんなことを思いながらボンヤリと日々は過ぎていった…そんなある日のこと…」

髪《かみ》をおろした樋口がやって来る。

【7場】

武装探偵《たんてい》社、応接室。

樋口がいる。

敦、太宰、独歩、谷崎、ナオミがいる。
全員で樋口を見つめている。

樋口一葉「…あの」
谷崎潤一郎「えーと、調査の依頼《いらい》だとか」
樋口一葉「はい」
谷崎潤一郎「それで…」

太宰が樋口の手をとる。

太宰治「美しい」
樋口一葉「え？」
太宰治「睡蓮《すいれん》の花のごとき果敢《はか》なく可憐《かれん》なお嬢《じょう》さんだ…どうか私と心中して頂けないだろ…」

独歩が太宰の頭をスパーンと引っぱたき、黙《だま》らせる。

国木田独歩「あ、済みません、忘れて下さい。小僧《こぞう》、ロープ」
中島敦「あ、はい」

何故《なぜ》か近くに置いてあったロープを独歩に渡《わた》す。

太宰の首根っこを摑《つか》んで退場させる独歩。

太宰は「心中〜ちょっとだけでいいから〜」と食い下がっている、が退場。

樋口はあくまで冷静に、

樋口一葉「依頼というのはですね、我が社のビルヂングの裏手に…善からぬ輩《やから》が屯《たむろ》しているようなんです」

谷崎潤一郎「善からぬ輩ッていうと？」

樋口一葉「分かりません…聞き慣れない異国語を話す者もいるとか」

独歩は戻《もど》って来ながら、

国木田独歩「そいつは密輸業者だろう。警察が幾《いく》ら取り締《し》まっても船蟲《ふなむし》のように湧《わ》いてくる。港湾《こうわん》都市の宿業《しゅくごう》だな」

樋口一葉「ええ、無法の輩だという証拠《しょうこ》さえあれば警察に掛《か》け合えます…ですから…」

国木田独歩「現場を張って証拠を摑め、と？」

樋口一葉「はい」

独歩は少し考え、

国木田独歩「小僧、お前が行け」
中島敦「へ？」
国木田独歩「ただ見張るだけだ、初仕事には丁度良い。谷崎、お前も一緒に行ってやれ」
谷崎潤一郎「わかりました」

ナオミは谷崎に抱《だ》きつき、

ナオミ「兄様が行くならナオミもついて行きますわぁ」
中島敦「…」
樋口一葉「…樋口と申します。よろしくお願いします」

敦に名刺《めいし》を渡す樋口。

中島敦「あ、よろしくお願いします」
樋口一葉「…早速《さっそく》向かいましょう」

樋口がいなくなる。

中島敦「あ、ちょっと…行ってきます！」

敦がいなくなり、谷崎とナオミも後を追う。

独歩が一人残る。

国木田独歩「…」

敦達が去って行った方を見つめている独歩。

ロープにまみれた太宰がひょっこり顔を出す。

太宰治「あれ？　私の未来の心中相手は帰ってしまったのかい？」

国木田独歩「ああ、貴様の心中相手では無いがな…って貴様！　どうやってそのロープをほどいた！　あれだけ固く縛《しば》ったのに！」

太宰治「ふふふ、甘いなあ国木田君は。自殺マニアにとってロープは友達だよ。あんな優《やさ》しい縛りでは、まるで産着《うぶぎ》にくるまれているようなものさ」

国木田独歩「…むう」

太宰治「最強の結び方を教えて進ぜよう」

国木田独歩「最強の結び方があるのか？」

独歩は手帳を取り出す。

二人は歩きながら、

太宰治「ふむ。やはりここはもやい結びかな。結びの王様と呼ばれている」

独歩はメモを取る。

国木田独歩「ふむふむ、結びの王」
太宰治「あとはやはり、イングリッシュマンノットだな」
国木田独歩「ほう、西洋流の結び方もあるのか」
太宰治「左様」

などと会話しながら、敦達とは反対方向にはけていく太宰と独歩。

【8場】

路地。

樋口、谷崎、ナオミ、敦がやって来る。

谷崎潤一郎「大丈夫《だいじょうぶ》ですって、ボクでも続けられてるくらいなんだから」
中島敦「でも、初めての任務だし…失敗なんかしたら…」
谷崎潤一郎「敦君は心配性《しんぱいしょう》だなぁ」
中島敦「…谷崎さんも能力者なんですよね？　どんな力なんです？」
ナオミ「兄様の能力、素敵《すてき》ですよ。ナオミあれ大好き」

ナオミは谷崎にいちゃつきかかる。

谷崎潤一郎「止《や》めなってナオミ、こんな処《ところ》で」

樋口は咳払《せきばら》いをし、

樋口一葉「着きました」

ナオミと谷崎はいちゃつきをやめる。

敦は周囲を見回し、

中島敦「なんか…気味の悪い処ですね」
谷崎潤一郎「…おかしい」
中島敦「?」
谷崎潤一郎「本当に此処《ここ》なんですか? ええと…」
樋口一葉「樋口です」
谷崎潤一郎「樋口さん。無法者というのは臆病《おくびょう》な連中で、大抵《たいてい》の場合逃《に》げ道を用意しておくモノです。でも此処は…逃げ場が無い」

樋口はいつもの身なりに戻《もど》しながら、

樋口一葉「…その通りです。逃げ場はありません。私の目的は…貴方《あなた》がたです」

中島敦「！」

動揺《どうよう》する敦達。

携帯《けいたい》を取り出す樋口。

樋口一葉「芥川先輩《せんぱい》、予定通り捕《と》らえました。これより処分します」

谷崎潤一郎「…芥川だって？」

携帯をしまい、サングラスをかけ、銃《じゅう》を取り出す樋口。

樋口一葉「我が主《あるじ》の為《ため》…ここで死んで頂きます」

谷崎潤一郎「ポートマフィア！」

　樋口が両手に構えたマシンガンで谷崎を狙《ねら》い撃《う》つ。

ナオミ「！」

　ナオミは盾《たて》になり、谷崎を守る。

ナオミ「…兄様…大丈《だいじょう》…夫《ぶ》…」

　ナオミが意識を失う。

谷崎潤一郎「…ナオミ…ナオミ！　しっかりして！　ナオミ！　目を開けてくれ！　ナオミィ！」

中島敦「…」

敦はへたり込んで身動き出来ない。
谷崎潤一郎「どどどどうしよう…そうだ、与謝野先生に見せないと…医務室に…敦君、手伝って…」
マガジンの交換《こうかん》が終わった樋口が、谷崎に銃を突《つ》きつける。
樋口一葉「そこまでです…健気《けなげ》な妹君の後を追って頂きましょうか」
谷崎潤一郎「……あ？」
谷崎の態度が豹変《ひょうへん》し、樋口を睨《にら》みつける。
樋口一葉「…？」
谷崎潤一郎「チンピラごときが…ナオミを傷つけたね」
谷崎は立ち上がり、

谷崎潤一郎「敦君、避難《ひなん》するんだ…コイツはボクが…殺す」

樋口が谷崎めがけて銃を構える。

谷崎潤一郎「…異能…細雪《ささめゆき》」

雪が降ってくる。

樋口一葉「…雪?」

至る所に谷崎が現れては消える。

樋口一葉「なっ! 何処《どこ》だ!」

樋口は銃を向ける方向に躊躇《ちゅうちょ》する。

谷崎が現れ、

谷崎潤一郎「ボクの細雪は…雪の降る空間そのものをスクリーンに変える…」

樋口一葉「！」

樋口は谷崎めがけて撃つが、谷崎は掻《か》き消える。

谷崎潤一郎「…無駄《むだ》だ…もう、お前にボクは見えない」

樋口一葉「…姿は見えずとも弾《たま》は当たるはず！」

樋口は辺り一面に撃ちまくる。

背後から現れた谷崎が樋口の首を摑《つか》む。

谷崎潤一郎「…大外れ」

樋口一葉「！」

谷崎潤一郎「死んでしまええええ！」

谷崎が樋口の首を絞《し》める。

樋口の身体《からだ》から力が抜《ぬ》け、銃を取り落とす。

黒い影《かげ》が走る。

谷崎の身体から力が抜け、倒《たお》れる。

芥川「…」

谷崎の背後には芥川が立っている。

芥川龍之介「…死を懼《おそ》れよ…殺しを懼れよ…死を望む者…等しく死に…望まる

るがゆえに…」

中島敦「…！」

芥川龍之介「お初にお目にかかる…僕《やつがれ》は芥川…そこな小娘《こむすめ》と同じく…卑《いや》しきポートマフィアの狗《いぬ》」

咳《せ》き込む芥川。

樋口一葉「芥川先輩《せんぱい》、ご自愛を！　此処《ここ》は私一人でも…」

芥川は右手の甲《こう》で樋口の頰《ほお》を打つ。

芥川龍之介「人虎《じんこ》は生け捕《ど》りとの命の筈《はず》…片端《かたはし》から撃ち殺してどうする…役立たずめ…」

樋口一葉「…済みません」

中島敦「…人虎…生け捕り…あんたたち一体…」

芥川龍之介「…羅生門《らしょうもん》」
　芥川を取り巻くように影が蠢《うごめ》く。
　影は牙《きば》を剝《む》き出しにして敦に襲《おそ》いかかる、が威嚇《いかく》。
中島敦「…」
芥川龍之介「僕《やつがれ》の羅生門は悪食《あくじき》…凡《あらゆ》るモノを喰《く》らう…」
中島敦「！」
　敦は微動《びどう》だに出来ない。
芥川龍之介「元より僕《やつがれ》らの目的は貴様一人なのだ人虎…そこに転がるお仲間は
　…いわば貴様の巻き添《ぞ》え」
中島敦「…僕のせいで」
芥川龍之介「然《しか》り…それが貴様の業《ごう》だ人虎…貴様は…生きているだけで周囲の
　人間を損《そこ》なうのだ」

中島敦「！」
芥川龍之介「自分でも薄々《うすうす》気がついているのだろう？」
中島敦「…」
　敦はへたり込み、
中島敦「…僕のせいで…僕が生きてるだけで…みんなが不幸になっていく…」
谷崎潤一郎「…敦君…逃《に》げろ…」
中島敦「！」
　敦は瀕死《ひんし》の谷崎、ナオミを見る。
中島敦「…違《ちが》う…僕だって…僕にだって…」
　敦は立ち上がり、

中島敦「うああああああああ！」

芥川に突《つ》っ込んでいく敦。

芥川龍之介「…玉砕《ぎょくさい》か…詰《つ》まらぬ」

敦は羅生門を避《よ》け、芥川の傍《そば》を駆《か》け抜け、落ちていた銃《じゅう》を拾う。

芥川龍之介「…ほう」

敦は芥川めがけ銃を連射する。

全弾《ぜんだん》撃ち尽《つ》くす。

芥川龍之介「…」

芥川には全く効いていない。

中島敦「…そんな…何故《なぜ》…」

芥川龍之介「…今の動きは中々良かった…しかし所詮《しょせん》は愚者《ぐしゃ》の蛮勇《ばんゆう》……云《い》っただろう…僕《やつがれ》の黒獣《こくじゅう》は悪食…凡るモノを喰らう…仮令《たとえ》それが空間であっても…銃弾《じゅうだん》が飛来し着弾するまでの空間を一部食い破った…槍《やり》も炎《ほのお》も空間が途切《とぎ》れれば僕《やつがれ》までは届かぬ…」

羅生門が敦を貫《つらぬ》き、吹《ふ》き飛ばす。

敦の視界が暗くなる。

闇《やみ》の中、一人、這《は》いつくばる敦。

中島敦「…くそ…くそ…くそ…結局僕は誰《だれ》も救えない…生きているだけでまわりを不幸にするだけじゃないか…僕なんて生きていても…僕に生きる価

値なんて…」

すすり泣く敦。

院長の声が聞こえて来る。

院長「（OFF）…餓鬼《がき》め…」
中島敦「！」
院長「（OFF）…泣くのをやめろ…泣いて許されるのは親のある児のみ…親
にも捨てられたような餓鬼に泣く資格など無い！」
中島敦「…生きることも…泣くことも許されない…じゃあ僕はどうすれば…！」

敦はガクリと崩《くず》れる。

中島敦「うあああああああああああ！」

敦の叫《さけ》び声は虎《とら》の咆哮《ほうこう》とシンクロしていく。

敦の姿は消え、白虎《びゃっこ》が現れる。

芥川龍之介「…そうこなくては」

白虎が芥川に襲いかかる。

羅生門で迎撃《げいげき》する芥川。

羅生門が白虎の肉を抉《えぐ》るが、傷はすぐに回復していく。

芥川龍之介「…再生能力…しかもこれほどの高速で…」

完全に回復した白虎の咆哮。

樋口一葉「芥川先輩《せんぱい》！」

芥川龍之介「下がっていろ樋口…お前では手に負えぬ」

白虎が芥川に飛びかかる。

芥川龍之介「…疾《はや》い」

芥川は羅生門を盾《たて》状にして受け止めるが、圧力で吹き飛ばされる。

樋口一葉「おのれ！」

樋口は落ちていた銃を拾い、白虎に連射。

意に介《かい》さない白虎。

樋口一葉「…銃弾が通らない」

呆然《ぼうぜん》とする樋口。

芥川龍之介「何をしている樋口！」

白虎が樋口に襲《おそ》いかかる。

芥川龍之介「羅生門・顎《あぎと》」

樋口一葉「！」

樋口に喰《く》らいつく寸前で、羅生門が白虎の胴《どう》を切り裂《さ》く。

白虎が動かなくなる。

芥川龍之介「…ちっ…生け捕《ど》りの筈《はず》が…」

白虎の姿が掻《か》き消える。

芥川龍之介「！」

雪がちらついている。

谷崎潤一郎「…細雪《ささめゆき》」
芥川龍之介「…今裂いた虎は虚像《きょぞう》か…では…」

芥川の背後には白虎。
対峙《たいじ》する白虎と芥川。

白虎の咆哮。
芥川龍之介「…羅生門…叢《むらくも》」

白虎と芥川の攻撃《こうげき》が交叉《こうさ》する寸前に太宰が現れ、

太宰治「はーい、そこまでー」

二人の能力を無効化する。

芥川龍之介「…！」

羅生門、白虎が同時に消える。

白虎の居た場所には意識を失った敦。

樋口一葉「貴方《あなた》、探偵《たんてい》社の！　何故《なぜ》ここに…」

太宰は懐《ふところ》から受信機を取り出し、

太宰治「美人さんの行動が気になっちゃう質《たち》でね」

樋口一葉「な、真逆!」

身体《からだ》に仕《し》掛《か》けられていた盗聴器《とうちょうき》を取り出す樋口。

太宰は気を失っている敦の頰《ほお》をペチペチと叩《たた》き、

太宰治「ほらほら起きなさい敦君、三人も負ぶって帰るのは厭《いや》だよ私」

樋口は太宰に銃《じゅう》を突《つ》きつけ、

樋口一葉「ま、待ちなさい! 生きて帰すわけには…」

芥川龍之介「…くく…くくく…」

芥川の口から笑いがこぼれる。

樋口一葉「…？」
芥川龍之介「止《や》めろ樋口、お前では勝てぬ」
樋口一葉「芥川先輩！　でも…」
芥川龍之介「太宰さん、今回は引きましょう…しかし、人虎《じんこ》の首は必ず僕《やつが》ら、
　ポートマフィアが頂く」
太宰治「なんで？」
芥川龍之介「その人虎には七十億の懸賞《けんしょう》金がかかっている」
太宰治「へえ！　それは景気の良い話だね」
芥川龍之介「…探偵社には孰《いず》れまた伺《うかが》います…そのとき素直《すなお》に人虎を渡《わた》すなら
　善し…渡さぬなら…」
太宰治「戦争かい？　探偵社と？　良いねぇ元気で」
　太宰は不敵な笑《え》みを浮《う》かべ、
太宰治「やってみ給《たま》えよ…やれるものなら」

芥川龍之介「…」

樋口一葉「零細探偵社《れいさいたんてい》ごときが！　我らに逆らって生き残ったものなどいないのだぞ！」

太宰は頭をかきながら、

太宰治「知ってるよ、その位」

芥川龍之介「…然《しか》り…他《ほか》の誰《だれ》より貴方はそれを悉知《しっち》している…元マフィアの太宰さん」

樋口一葉「！」

太宰治「…」

不敵な笑みを浮かべる太宰。

独歩、賢治、与謝野が駆《か》けつける。

対峙する探偵社とポートマフィア。

サイレンの音が近づいてくる。

太宰は意識を失っている敦に肩《かた》を貸す。

太宰治「…さてと、行こうか」

独歩、賢治、与謝野が谷崎とナオミを介抱《かいほう》し、連れて行く。

立ち去る太宰に、芥川が声をかける。

芥川「組織を抜《ぬ》けた裏切り者は、必ず殺す。僕《やつがれ》のこの手で」
太宰「それは嬉《うれ》しいね。でも君では私は殺せない」

探偵社の面々が去って行く。

芥川龍之介「…」

去って行く太宰を見つめる芥川。

樋口一葉「…太宰って…まさか…ポートマフィア史上最年少幹部だったってい
う…あの…」

芥川龍之介「…ああ、そして僕《やつがれ》の…師だ」

樋口一葉「…元ポートマフィアの幹部が…何故武装探偵社に…」

芥川龍之介「…あの人のことは…誰にもわからぬ…誰にもな」

芥川が去って行く。

樋口一葉「…」

樋口も芥川を追いかける。

闇《やみ》。

1幕が終わる。

2幕【1場】

ポートマフィアのアジト。

芥川が居る。

芥川龍之介「…」

泉鏡花がやって来る。

芥川龍之介「…首尾《しゅび》は?」
泉鏡花「…捕《つか》まえました…太宰治を」
芥川龍之介「…そうか」
泉鏡花「…はい」
芥川龍之介「…次は人虎《じんこ》だ」

泉鏡花「…はい」

芥川が去って行く。

泉鏡花「…」

鏡花は悲しそうな表情を浮《う》かべ、

泉鏡花「1、2、3、4、5、6、7、8、9、10、11、12、13、14、15、16、17、18、19、20、21、22、23、24、25、26、27、28、29、30、31、32、33、34、35」

鏡花は数えるのをやめ、

泉鏡花「…1、2、3、…」

再び数え出す。

闇が訪《おとず》れる。

【2場】

武装探偵《たんてい》社。

敦、独歩、賢治、乱歩がいる。

国木田独歩「太宰が行方《ゆくえ》不明ぃ？」
中島敦「電話も繋《つな》がりませんし、下宿にも帰ってないようで…」
国木田独歩「…また川だろ？」
宮沢賢治「また土の中では？」
江戸川乱歩「また留置所でしょ？」
中島敦「…先日の一件もありますし…マフィアに暗殺されてたりしたら…」
国木田独歩「阿呆《あほう》か。あの男の危機察知能力と生命力は悪夢の域だ。あれだけ自殺未遂《みすい》を重ねて、まだ一度も死んでない奴《やつ》だぞ。己《おのれ》自身が殺せん奴をマフィア如《ごと》きが殺せるものか」

中島敦「…でも」

谷崎が現れ、

谷崎潤一郎「ボクが調べておくよ」
中島敦「谷崎さん！」
谷崎潤一郎「やあ」
中島敦「もう大丈夫《だいじょうぶ》なんですか？」
谷崎潤一郎「うん、もう全然」
国木田独歩「与謝野先生の治療《ちりょう》の賜物《たまもの》だな」
谷崎潤一郎「はい」
国木田独歩「…で？　何回解体された？」
谷崎潤一郎「……四回」

独歩、賢治、乱歩は御愁傷様《ごしゅうしょうさま》という意を込めて「あー」。
深く頷《うなず》いたり、谷崎に触《ふ》れて慰《なぐさ》めたりしている。

中島敦「?」
谷崎潤一郎「敦君、探偵社では絶対に怪我《けが》しちゃ駄目《だめ》だよ」
中島敦「?」
国木田独歩「今回はマフィアを相手と知れた時点で逃《に》げなかった谷崎が悪い」
江戸川乱歩「マズイと思ったらすぐ逃げる、危機察知能力だね…例えば…今から十秒後」
中島敦「?」
あくびをしながら与謝野が現れる。
与謝野晶子「寝過《ねす》ぎちまったよ」
中島敦「与謝野さん」
与謝野登場と前後して、みんなそっと退出していく。

与謝野晶子「ああ、敦。どっか怪我してないかい？」
中島敦「大丈夫です」
与謝野晶子「…ちぇ」
中島敦「？」
与謝野晶子「ところで…誰《だれ》かに買い出しの荷持ちを頼《たの》もうと思ったンだけど…
　アンタしか居ないようだねェ…敦、ついておいで」
　敦が振《ふ》り向くと、誰もいない。
中島敦「あれ？　皆《みんな》いつの間に…」
　与謝野がいなくなる。
中島敦「…危機察知能力って…これ？」
　敦が与謝野の後を追う。

【3場】

ポートマフィアのアジト。

地下牢《ちかろう》。

囚《とら》われているはずの太宰だが、楽しそうに鼻歌を歌っている。

芥川がやって来る。

芥川龍之介「…」

太宰は鼻歌をやめない。

芥川龍之介「…！」

羅生門が太宰の首に突《つ》き刺《さ》さる。

太宰治「…？」

羅生門が無効化されて掻《か》き消える。

太宰は不敵な笑《え》みを浮《う》かべて、

太宰治「…ああ、君、いたの」

芥川龍之介「此処《ここ》に繋《つな》がれた者が如何《いか》な末路を辿《たど》るか、知らぬ貴方《あなた》ではない筈《はず》だが」

太宰治「懐《なつ》かしいねえ。君が新人の頃《ころ》を思い出すよ」

芥川龍之介「貴方の罪は重い。突然《とつぜん》の任務放棄《ほうき》、そして失踪《しっそう》…剰《あまつさ》え今度は敵として マフィアに楯突《たてつ》く…とても元幹部の所業とは思えぬ」

太宰治「そして、君の元上司の所業とは？」

太宰の頰《ほお》を殴《なぐ》る芥川。

芥川龍之介「貴方とて不損不滅《ふめつ》ではない。異能に頼《たよ》らなければ毀傷《きしょう》できる。その気になれば何時《いつ》でも殺せる」

太宰治「そうかい、偉《えら》くなったねえ」

芥川龍之介「…」

太宰治「今だから云《い》うけど君の教育には難儀《なんぎ》したよ。呑《の》み込みは悪いし独断専行ばかりするし…おまけにあのぽんこつな能力」

芥川龍之介「…！」

芥川は拳《こぶし》を握《にぎ》りしめるが、耐《た》える。

芥川龍之介「…貴方の虚勢《きょせい》もあと数日だ。数日のうちに探偵《たんてい》社を滅《ほろ》ぼし、人虎《じんこ》を奪《うば》う」

芥川は太宰に背を向け、

芥川龍之介「貴方の処刑《しょけい》はその後だ。自分の組織と部下が滅ぶのを切歯扼腕《せっしやくわん》して聞くと良い」

芥川が歩き出す。

太宰治「できるかなあ、君に」

芥川龍之介「…」

芥川が立ち止まる。

太宰治「私の新しい部下は…君なんかよりよっぽど優秀《ゆうしゅう》だよ」

芥川龍之介「…」

静寂《せいじゃく》。

芥川龍之介「……！」

芥川が太宰に殴りかかる。

闇《やみ》。

鈍《にぶ》い音が響《ひび》く。

【4場】

電車の中。

敦は与謝野の買い物を抱《かか》えている。

与謝野晶子「アンタ、マフィアに半殺しにされたそうじゃないか」

中島敦「…ええ」

与謝野は敦のボディチェックをする。

中島敦「ぎゃい！」

与謝野晶子「ふうん…綺麗《きれい》なもんだねえ…癒合痕《ゆごうこん》も瘢痕《はんこん》も無い…再生というより復元だ…」

中島敦「あ、あの…何か問題でも？」
与謝野晶子「…別に。妾《アタシ》が治療《ちりょう》出来なくて残念だッて話しさ」
中島敦「そ、そうですか」
与謝野晶子「…ま、自分の異能を過信しないことだね」
中島敦「…え？」
与謝野晶子「…命まで奪われちまったら…元にゃ戻《もど》らないんだから」
中島敦「…」

車内アナウンスが聞こえてくる。

梶井基次郎「（ＯＦＦ）あァ〜こちら車掌室《しゃしょう》ゥ…誠《まこと》に勝手ながらぁ？　唯今《ただいま》より ささやかな物理学実験を行いまぁす！　題目は非慣性系における爆轟《ばくごう》反応および官能評価っ！　被験者《ひけんしゃ》はお乗りあわせの皆様《みなさま》！　御協力《ごきょうりょく》まァ〜〜〜っことに感謝！　では早速《さっそく》ですがぁ…これをお聞きくださぁ〜い」

隣《となり》の車両で爆発が起きる。

中島敦「!」

別空間に梶井基次郎が現れる。

梶井基次郎「今ので二、三人は死んだかな〜? でも次はこんなもんじゃありません! 皆様が月まで飛べる量の爆弾《ばくだん》が先頭車両と最後尾《さいこうび》に仕掛《しか》けられておりま〜す!」

基次郎は檸檬《レモン》を取り出す。

梶井基次郎「さてさて被験者代表敦くん! 君が首を差し出さないと乗客全員天国に行っちゃうぞぉ〜〜〜?」

中島敦「…そんな」

基次郎がいなくなる。

与謝野晶子「…ポートマフィアの御出《おで》ましってワケだ」
中島敦「ど、どうしましょう？」
与謝野晶子「一、大人しく捕《つか》まる。二、疾駆《しっく》する列車から乗客全員と一緒《いっしょ》に飛び降りて脱出《だっしゅつ》。三…」
中島敦「…連中をぶっ飛ばす？」

　与謝野は頷《うなず》く。

与謝野晶子「何しろ妾らは武装探偵《たんてい》社だからねぇ…敦、手分けして爆弾を解除するよ。妾は前、アンタは後部だ」
中島敦「もし敵がいたら？」
与謝野晶子「…ぶっ殺せ！」

　二人は同時に反対方向へ走り出す。

×　×　×

与謝野が一つ前の車両に辿《たど》り着く。

檸檬が転がって来る。

与謝野晶子「？」

檸檬が爆発し、与謝野が吹《ふ》っ飛び、重傷を負う。

基次郎が現れ、

梶井基次郎「果断なる探偵社のご婦人よ、ようこそ！　そして、さようならぁ～」

与謝野はなんとか立ち上がりながら、

与謝野晶子「…おやおや…誰《だれ》かと思えば有名人じゃないか」
梶井基次郎「ほう、驚《おどろ》きだなぁ。最近の女性はタフだ」
与謝野晶子「男女同権の世だからねェ…妾からすりゃアンタみたいな指名手配犯がこんな所にいる方が驚きだよ」
梶井基次郎「おや？　僕のことを知ってるのかい？」
与謝野晶子「アンタは…丸善《まるぜん》ビル爆破《ばくは》事件で一般人《いっぱん》を二十八人殺した爆弾魔《ばくだんま》…梶井基次郎！」
梶井基次郎「正解」
　檸檬を取り出し、恭《うやうや》しく礼をする基次郎。
梶井基次郎「あれは素晴《すば》らしい実験だったよ！　死とは無数の状態変化の複合音楽だ。そして訪《おとず》れる不可逆なる死…ああ！」
与謝野晶子「死が…実験だって？」
梶井基次郎「科学の究極とは神と死！　どちらも実在し、しかし科学で克服《こくふく》できず、ゆえに我らを惹《ひ》きつける…さぁて、貴女《あなた》の死は何色かな？」

与謝野晶子「…確かめてみな」

基次郎は手招きし、いなくなる。

与謝野は基次郎を追いかける。

×　×　×

敦が現れる。

爆弾を探す敦。

中島敦「早く見つけないと…」

鏡花がいる。

中島敦「君、危ないよ。この電車には爆弾が…」
泉鏡花「…」

別空間に芥川が現れる。

鏡花は携帯《けいたい》を取り出し、芥川の指示を受ける。

芥川龍之介「お前の任務は爆弾の死守だ」
泉鏡花「…わかりました。私の任務は爆弾の死守…」
中島敦「？」

夜叉白雪《やしゃしらゆき》が現れる。

中島敦「！」
芥川龍之介「邪魔者《じゃまもの》は殺せ、夜叉白雪」

夜叉白雪が敦に攻撃《こうげき》する。

中島敦「!」

まともに食らってしまう敦。

泉鏡花「…」
中島敦「…君は、いったい…」
泉鏡花「…私の名は鏡花、あなたと同じ孤児《こじ》。好きなものは兎《うさぎ》と豆腐《とうふ》。嫌《きら》いなものは犬と雷《かみなり》。マフィアに拾われて六ヶ月《むつき》で三十五人殺した」
中島敦「…三十五人」
芥川龍之介「爆弾を守れ、邪魔者は殺せ」
泉鏡花「…はい」

芥川がいなくなる。

夜叉白雪の仕込み杖《づえ》が敦を貫《つらぬ》く。

中島敦「があああ！」

敦はなんとか隣《となり》の車両に逃《に》げる。

鏡花と夜叉白雪が敦を追う。

×　×　×

爆風《ばくふう》に吹き飛ばされてくる与謝野。

基次郎が現れ、倒《たお》れている与謝野を踏《ふ》みつける。

梶井基次郎「噂《うわさ》ほどじゃないなー、探偵《たんてい》社ってのも」

与謝野晶子「ぐっ…」

基次郎はナイフを取り出し、

梶井基次郎「これから君は死ぬわけだけど、その前に教えてくれ…死ぬって何？」

与謝野晶子「…何だって？」

梶井基次郎「学術的な興味だよ。僕は学究の徒だからね」

与謝野晶子「…」

梶井基次郎「何故《なぜ》死は不可逆なのだ…何故人は孰《いず》れ必ず死ぬ？」

与謝野が笑いだす。

梶井基次郎「…？」

与謝野晶子「…そんなことも判《わか》らンのかい？　大した事ないねェ、マフィアってのも」

梶井基次郎「理学の求道者たるこの梶井が知らないことを…街の便利探偵屋如

きが判ると？」

与謝野晶子「…勿論《もちろん》…理由は簡単」

梶井基次郎「…？」

与謝野晶子「…アンタがアホだからさ」

梶井基次郎「！」

基次郎はナイフを与謝野の手に突《つ》き立て、床《ゆか》に縫《ぬ》いつける。

与謝野晶子「ぐああ！」

梶井基次郎「…参考になる意見をどうも」

基次郎は与謝野がかろうじて届かない場所に檸檬《レモン》を置き、

梶井基次郎「後で君の死体に聞いてみるよ。死んだけど、今どんな気分？って。それじゃあごゆっくり～」

基次郎がいなくなる。

与謝野晶子「！」

与謝野は檸檬を取ろうとするが届かない。

縫いつけられた手から激痛が走る。

与謝野晶子「ぐああああああああああああ！」

檸檬爆弾が爆発《ばくはつ》する。

与謝野が吹《ふ》っ飛ぶ。

基次郎が現れる。

梶井基次郎「さーて、中まで火が通ったかなー？」

基次郎が与謝野の状態を確認《かくにん》しようとする。

与謝野が基次郎を殴《なぐ》り飛ばす。

与謝野晶子「んーイマイチだねェ、もっと飛ぶかと」
梶井基次郎「な、何故」
与謝野晶子「あんなネズミ花火で死ぬもンか。あー、今殴ったのどっち側だっけ？」

基次郎は右頬《みぎほお》を指す。

与謝野が基次郎の左頬をぶん殴る。

与謝野晶子「これでイーブンだ」
梶井基次郎「そんな…さっきまで瀕死《ひんし》だったはず…」

与謝野晶子「こう見えて妾《アタシ》は医者でね…アンタの百倍は死を見てる」
梶井基次郎「…」
与謝野晶子「死とは何かって？　教えてやるよ。死は命の喪失《そうしつ》さ…医者があらゆる手を尽《つ》くしても、患者《かんじゃ》の命は指の間から零《こぼ》れ落ちていく…」
梶井基次郎「…」
与謝野晶子「死が科学の究極だと？　巫山戯《ふざけ》るな！　命を大事にしない奴《やつ》は…ぶッ殺してやる！」
梶井基次郎「お、思い出した…探偵社の専属医与謝野…極《きわ》めて稀少《きしよう》な治癒《ちゆ》能力者だと…」
与謝野晶子「妾の能力、君死給勿《キミシニタモウコトナカレ》はあらゆる外傷を治癒させる…自分の怪我《けが》だってこの通り…」

与謝野は自分の荷物を漁《あさ》りながら、

与謝野晶子「ただ、条件が厳しくてね…瀕死の重傷しか治せないのさ…之《これ》が実に不便でね…何しろ…」

与謝野は「どうやってしまってたの？」というサイズの大鉈《おおなた》を取り出す。

与謝野晶子「ほどほどの怪我を治そうと思ったら…まず半殺しにしなくちゃならない」

梶井基次郎「…な」

基次郎が恐怖《きょうふ》に怯《おび》える。

与謝野晶子「…おやァ？　怪我をしているねェ…治してやろうか？」

与謝野が大鉈を構える。

基次郎の絶叫《ぜっきょう》が響《ひび》く。

×　×　×

重傷を負った敦が現れる。

怯えた一般人《いっぱん》数名が敦を見ている。

中島敦「…此処《ここ》で死ぬのか…僕は…」

敦は自分を見ている一般人に気がつく。

中島敦「…また僕の所為《せい》だ…僕と同じ電車に乗った所為で…みんな死ぬ」

敦が一人の世界に閉じこもる。

芥川の声が聞こえてくる。

芥川龍之介「(ＯＦＦ)貴様は生きているだけで周囲の人間を損《そこ》なうのだ」

院長の声が聞こえてくる。

院長「（ＯＦＦ）貴様は何故《なぜ》生きている」
中島敦「…え？」
院長「（ＯＦＦ）周囲に迷惑《めいわく》と不幸を振《ふ》りまき何一つ成し遂《と》げぬ者が…」
中島敦「…僕は」
院長「（ＯＦＦ）誰《だれ》も救わぬ者に生きる価値などない」
中島敦「！」

敦が立ち上がる。

中島敦「…院長先生…僕は…何故自分が生きているのかなんてわかりません…周りの人に迷惑ばかりかけて…こんな僕に生きている価値なんてないのかもしれない…でも…もし…僕が…ここにいる人達を全員、無事に家に帰せたら…そうしたら…僕は…生きていても良いってことにならないでしょうか！」

敦が両手を広げる。

世界が現実に戻《もど》る。

鏡花と夜叉白雪が目の前に迫《せま》っている。

夜叉白雪が敦に連続攻撃《こうげき》。

吹《ふ》っ飛ばされていなくなる敦。

泉鏡花「…」

鏡花は震《ふる》えている一般人を見つめる。

泉鏡花「…」

俯《うつむ》いてしまう鏡花。

夜叉白雪が動き出す。

中島敦「やめろおおおお！」

夜叉白雪に突《つ》っ込んでいく敦。

夜叉白雪が振り下ろした刀を右腕《みぎうで》で受け止める敦。

敦の右腕が白虎化《びゃっこ》している。

中島敦「…これは」

夜叉白雪の連続突きを避《よ》け、右腕で受ける敦。

懐《ふところ》に入り込み、右腕を駆使《くし》して夜叉白雪を吹き飛ばす。

鏡花の喉元《のどもと》に右手を突きつける。

泉鏡花「…」

中島敦「…終わりだ。この能力を止めて爆弾《ばくだん》の場所を教えろ」

泉鏡花「私の名は鏡花。三十五人殺した」

中島敦「…」

泉鏡花「一番最後に殺したのは三人家族。父親と母親と男の子。夜叉が首を掻き切った」

鏡花は着物の中に仕込まれた時限爆弾を見せる。

中島敦「…爆弾は…君にしかけられて…」

泉鏡花「…」
中島敦「…君は何者なんだ？　言葉からも君自身からも何の感情も感じない。まるで殺人マシンだ」
泉鏡花「…」
中島敦「言葉にしてくれ！　望みがあるなら言葉にしなきゃ駄目《だめ》だ！」
泉鏡花「…」

別空間に与謝野が現れる。

与謝野晶子「こちら車掌室《しやしよう》。敦、まだ生きてッかい？」
中島敦「与謝野さん？」
与謝野晶子「その爆弾は遠隔《えんかく》点火式だ。間違《まちが》った手段で解除すると数秒でドカン！　そうだな？」

基次郎が倒《たお》れている。

梶井基次郎「ふぁい、ほうれふ」
与謝野晶子「解除には非常時用の停止ボタンしかない。そっちのマフィアが持ってるはずだよ」

基次郎に大蛇《おおなた》を構えたところで別空間が消える。
中島敦「…君が持ってるのか？」
泉鏡花「…」

敦が手を出すと、鏡花は停止ボタンを渡《わた》す。

敦は停止ボタンを押す。

別空間に芥川が現れ、
芥川龍之介「それを押したのか？　鏡花」

　警告音が鳴り響《ひび》く。

泉鏡花「！」

芥川龍之介「解除など不要。乗客を道連れにしマフィアへの畏怖《いふ》を俗衆《ぞくしゅう》に示せ」

　芥川がいなくなる。

中島敦「早く爆弾を外すんだ！」

泉鏡花「…間にあわない」

　近寄ろうとする敦を押しのける鏡花。

　鏡花は舞台《ぶたい》奥へ走って行き、振《ふ》り返る。

泉鏡花「…私は鏡花…三十五人殺した…もうこれ以上…一人だって殺したくな

い」

中島敦「！」

泉鏡花「…」

覚悟《かくご》を決めて目を閉じる鏡花。

中島敦「…全員…無事に…帰すんだ！」

泉鏡花「？」

雄叫《おたけ》びをあげながら鏡花に向かって行く敦。

爆弾を引きちぎり、鏡花に背を向け爆弾を抱《だ》きかかえる。

泉鏡花「！」

敦の雄叫びが白虎の咆哮《ほうこう》に変わる。

敦が白虎化する。

爆弾が爆発《ばくはつ》する。

静寂《せいじゃく》。

敦は元の姿に戻《もど》っている。

中島敦「…怪我《けが》は？」
泉鏡花「…だい…じょうぶ」

敦は微笑《ほほえ》みをたたえ、

中島敦「…そっか…良かっ…」

鏡花にもたれるように倒れる敦。

別空間に芥川。

芥川龍之介「…幾《いく》ら強くとも…駒《こま》は駒か…」

芥川が消え、闇《やみ》。

【5場】

ポートマフィア、アジト。

囚《とら》われている太宰。

中原中也「（OFF）相変わらず悪巧《わるだく》みかァ太宰！」

太宰治「…その声は」

ドーンと大きく、小さな中原中也が登場。

中原中也「こりゃ最高の眺めだ。百億の名画にも勝《まさ》るぜ」

太宰治「最悪、うわっ最悪」

中也は指を鳴らしながら、

中原中也「良い反応してくれるじゃないか。嬉《うれ》しくて縊《くび》り殺したくなる」
太宰治「わあ、黒くてちっちゃい人がなんか喋《しゃべ》ってる」
中原中也「！」
太宰治「中也、前から疑問だったのだけどその恥《は》ずかしい帽子《ぼうし》、どこで購《か》うの？」
中原中也「ケッ言ってろよサイコパス。今や手前《テメエ》は悲しき虜囚《りょしゅう》。泣けるなァ太宰…否、それを通り越《こ》して…」
中也は太宰の髪《かみ》を摑《つか》み、
中原中也「少し怪《あや》しいぜ」
太宰治「…」
中原中也「丁稚《でっち》の芥川は騙《だま》せても俺は騙せねえ。何しろ俺は手前の元相棒だからな…何をする積もりだ？」
太宰治「何って…見たままだよ。捕《つか》まって処刑《しょけい》待ち」

中原中也「あの太宰が不運と過怠《かたい》で捕まる筈《はず》がねえ。そんな愚図《ぐず》なら…俺がとっくに殺してる」

太宰を睨《にら》みつける中也。

太宰治「考え過ぎだよ。心配性《しんぱいしよう》は禿《は》げるよ……まさか！」

中也は食い気味で帽子を取り、

中原中也「ハゲ隠《かく》しじゃねえぞ」

中也は帽子を被《かぶ》り直し、

中原中也「俺が態々《わざわざ》ここに来たのは手前と漫談《まんだん》する為《ため》じゃねえ」

太宰治「じゃ、何しに来たの？」

中原中也「……嫌《いや》がらせだよ」

太宰治「…！」
中原中也「あの頃《ころ》の手前の嫌がらせは芸術的だった…敵味方問わずさんざ弄《もてあそ》ばれたモンだ…だが…」

中也の蹴《け》りが一閃《いっせん》し、太宰の拘束《こうそく》を解く。

中原中也「そう云《い》うのは大抵《たいてい》後で十倍で返される」
太宰治「…」
中原中也「手前が何を企《たくら》んでるか知らねえが、これで計画は崩《くず》れたぜ」

中也は太宰を指差し、

中原中也「俺と戦え太宰…手前の腹の計画ごと叩《たた》き潰《つぶ》してやる」

指招きをする中也。

太宰は不敵な笑《え》みを浮《う》かべ、

太宰治「…中也、君が私の計画を阻止《そし》？　冗談《じょうだん》だろ？」

中也も笑みを浮かべ、

中原中也「良い展開になって来たじゃねえか！」

中也が太宰に攻撃《こうげき》を仕《し》掛《か》ける。

太宰は躱《かわ》し、中也を嘲笑《あざわら》うかのように消える。

追いかける中也。

【6場】

武装探偵《たんてい》社。

敦、鏡花、独歩がいる。

国木田独歩「…それで？」
泉鏡花「…両親が死んで孤児《こじ》になった私をマフィアが拾った。私の異能を目当てに」

鏡花は携帯《けいたい》を取り出し、

泉鏡花「夜叉白雪はこの電話からの声にだけ従う」
国木田独歩「だからマフィアはそれを利用して暗殺者に仕立てた、か」
中島敦「じゃあ携帯電話を捨てれば…」

泉鏡花「逆らえば殺される。それに…」

　鏡花は俯《うつむ》き、

泉鏡花「…マフィアを抜《ぬ》けても行く処《ところ》がない」

中島敦「…」

国木田独歩「…電話で夜叉を操っていたのは誰《だれ》だ」

泉鏡花「…芥川という男」

中島敦「…！」

国木田独歩「…そうか」

　独歩は敦にアイコンタクトし、二人は席を外す。

国木田独歩「娘《むすめ》を警察に引き渡《わた》せ」

中島敦「でも、そんなことしたら…」

国木田独歩「三十五人殺しなら、まず死刑《しけい》だな」

中島敦「!」
国木田独歩「マフィアに戻《もど》したとしても、裏切り者として殺される」
中島敦「…そんな」
国木田独歩「…敦、不幸の淵《ふち》に沈《しず》む者に心を痛めるなとは云わん…だが、この界隈《かいわい》はあの手の不幸で溢《あふ》れている」
中島敦「…」
国木田独歩「…お前のボートは一人乗りだ…救えない者を救って乗せれば…共に沈むぞ」

独歩がいなくなる。

中島敦「…だとしたら…太宰さんは何故《なぜ》僕を助けたんだろう…」
泉鏡花「…」

鏡花が敦を見上げている。

中島敦「あ、いや、なんでもない、行こうか」
泉鏡花「何処《どこ》へ？」
中島敦「え？」
泉鏡花「私を連れて何処へ行くの？」
中島敦「え、何処ってそれは…つまり…えーと…」
泉鏡花「…」

鏡花の表情が、やや曇《くも》っていく、ように見える。

中島敦「えーと、勿論《もちろん》君が行きたい処だよ。例えばデートスポットみたいな」
泉鏡花「デートスポット？」
中島敦「うん」
泉鏡花「あなたと？」
中島敦「うん…ん？」
泉鏡花「…」
中島敦「あ、いや、その…」

鏡花がほんのり頰《ほお》を赤らめている、ように見える。

中島敦「…？」

鏡花が敦の手を取り駆《か》け出す。

中島敦「え？　ちょっと」

音楽。

80年代の洋画の様に、音楽が流れる中で幸せそうで楽しそうな二人の点描《てんびょう》。

あっちへ行ったりこっちへ行ったり鏡花は敦を連れ回す。

クレープ屋が現れ、クレープをねだる鏡花。

大道芸人に魅入《みい》る鏡花。

ウサギのゆるキャラがウサギのぬいぐるみを売っているのを見つけ、ぬいぐるみを欲しがる鏡花。

そのままウサギのゆるキャラ達とダンスのような流れになったり。

違《ちが》う芝居《しばい》になっちゃったんじゃないかっていうくらい、かわいらしいシーン。

音楽が終わる。

敦は少々お疲《つか》れモード。

中島敦「…まだ、行きたい処、あるのかな」
泉鏡花「…もう一つだけ」

鏡花が指差す方向には立番している警察官が二人。

泉鏡花「…あそこ」
中島敦「…え?」
泉鏡花「…もう充分《じゅうぶん》…楽しんだから」
中島敦「でも、捕《つか》まれば君は…」
泉鏡花「マフィアに戻っても処刑《しょけい》される…それに…三十五人殺した私は…生きていることが罪だから…」
中島敦「…」

かける言葉を探す敦。

敦は覚悟《かくご》を決め、

中島敦「鏡花ちゃん、一緒《いっしょ》に…」

敦の身体《からだ》を羅生門が貫《つらぬ》く。

泉鏡花「…！」

敦が鏡花にもたれるように倒《たお》れる。

ぬいぐるみを取り落とす鏡花。

芥川が現れ、

芥川龍之介「…処刑などせぬ…お前は任務を為果《なしおお》せた」

泉鏡花「…あ」

警察官が異変に気がつき、

警察官「おい！　何をしている！」

マフィアの兵卒達が現れ、警察官達を銃殺《じゅうさつ》する。

芥川龍之介「…お前の任務は餌《えさ》…お前には発信器が埋《う》め込んである…居所は筒《つつ》抜《ぬ》けだ…」

マフィアの兵卒が敦を運んでいく。

芥川龍之介「…帰るぞ」

泉鏡花「…」

魅入られたように芥川についていってしまう鏡花。

ぬいぐるみだけが現場に残される。

【7場】

谷崎がぬいぐるみを拾う。

谷崎潤一郎「…」

場面が探偵《たんてい》社になる。

国木田独歩「敦が拐《さら》われただと？」

谷崎潤一郎「はい…目撃《もくげき》者によると芥川と思われるマフィアに襲《おそ》われ、連れ去られたと」

国木田独歩「…拙《まず》いな」

谷崎潤一郎「なんとか助けないと…」

乱歩がソフトクリームを食べながら、

江戸川乱歩「助ける？　なんで？」
谷崎潤一郎「…え？」
江戸川乱歩「彼が拐われたのは人虎《じんこ》とか懸賞《けんしょう》とか、つまり個人的な問題からでしょ？　ウチは彼専用の養護施設《しせつ》じゃないし、彼も護《まも》ってもらうためにウチに入ったわけじゃない」
谷崎潤一郎「でも、敦君は探偵社の一員で！」
国木田独歩「乱歩さんの言う通りだ」
谷崎潤一郎「国木田さん！」
国木田独歩「俺達が動くのは筋が違う」
江戸川乱歩「警察に通報したら？」
国木田独歩「敦は災害指定猛獣《もうじゅう》として手配中です。事態が露見《ろけん》すれば探偵社も側杖《そばづえ》を…」
谷崎潤一郎「でも、何かしかるべき理屈《りくつ》を作れば…」
事態を面白《おもしろ》く無さそうに見ていたナオミが、

谷崎ナオミ「あのぉー、殿方《とのがた》の大好きな筋とか『べき』とかを百年議論して決めても良いのですけど…」

ナオミに視線が集まる。

谷崎ナオミ「…代わりにこの方はどう？」

バーンと目潰《めつぶ》しライトと共に福沢諭吉登場。

当然、姿は見えない。

国木田・谷崎「社長！」

姿勢を正す社員達。

福沢諭吉「全員聞け！　新人が拐《かどわ》かされた。無事連れ戻《もど》すまで現業務は凍結《とうけつ》と

　する！」
国木田独歩「凍結？」
江戸川乱歩「社長〜、善いの？　ほんとに？」
福沢諭吉「何がだ、乱歩」
江戸川乱歩「何ってそのー、理屈でいけば…」
福沢諭吉「仲間が窮地《きゅうち》、助けねばならん…それ以上に重い理屈がこの世にある
　のか？」
江戸川乱歩「…」
福沢諭吉「…乱歩、お前の出番だ」
江戸川乱歩「…やんなきゃ駄目《だめ》？」
福沢諭吉「もし恙《つつが》なく新人を連れ戻せたら…」
江戸川乱歩「特別ボーナス？　昇進《しょうしん》？　いいですよ、どうせ…」
福沢諭吉「…褒《ほ》めてやる」

　福沢がいなくなる。

江戸川乱歩「…そ…そこまで言われたんじゃ、しょうがないなあ！」
国木田独歩「谷崎！　資料！」
谷崎潤一郎「はい！」
乱歩の目の前に資料を広げる谷崎。
乱歩が眼鏡をかけ、
江戸川乱歩「異能…超推理《ちょうすいり》」
数多《あまた》の資料が映し出され、乱歩に集約されていく。
乱歩の動きが止まる。
静寂《せいじゃく》。

江戸川乱歩「…地図」

谷崎が地図を広げる。

江戸川乱歩「敦君が今居る場所は…ここだ」

地図の一点を指差す乱歩。

谷崎潤一郎「…海？」

乱歩が独歩を見る。

江戸川乱歩「国木田」

国木田独歩「…！」

独歩は頷《うなず》き、走り出す。

【8場】

ポートマフィアのアジト。

太宰と中也が戦っている。

中也の連続突《づ》き。

太宰は中也の腕《うで》を摑《つか》まえる。

中原中也「！」

太宰は中也の腹に強烈《きょうれつ》な一撃《いちげき》を見舞《みま》う。

静寂。

中原中也「…なんだそのパンチ」
太宰治「！」
　中也の蹴《け》りで吹《ふ》っ飛ばされる太宰。
中原中也「マッサージにもなりゃしねえ」
太宰治「…」
　座り込んでいる太宰。
中原中也「立てよ、パーティーは始まったばかりだぜ」
太宰治「…流石《さすが》はマフィアきっての体術使い」
太宰は跳《は》ね起き、身体《からだ》を伸《の》ばす。効いている様子は無い。

太宰治「ガードした腕がもげるかと思ったよ」
中原中也「…」
太宰治「君とは長い付き合いだ。手筋も間合いも動きの癖《くせ》も完全に把握《はあく》している。でなきゃ相棒は務まらない…だろ？」
中原中也「！」

中也が太宰の間合いに飛び込み、連続攻撃《こうげき》。

中原中也「だったらこの攻撃も読まれてるんだろうなあ！　パンチってのはなあ！　こうやって打つんだよ！」

太宰のボディに強烈な一撃を見舞う中也。

太宰治「！」

中也は太宰にのど輪を極《き》める。

中原中也「動きが読める程度で勝てる相手と思ったか？」

中也はのど輪を極めたままナイフを取り出し、

中原中也「終《しま》いだ…最後に教えろ」

中也は太宰にナイフを突きつけ、

中原中也「態《わざ》と捕《つか》まったのは何故《なぜ》だ…ここで何を待っていた」
太宰治「…目的は二つ…一番は…敦君についてだ」
中原中也「敦？」
太宰治「君達がご執心《しゅうしん》の人虎《じんこ》さ。彼の為《ため》に七十億の賞金を懸《か》けた御大尽《おだいじん》が誰《だれ》なのか知りたくてね」
中原中也「身を危険に晒《さら》してまで？　泣かせる話じゃねえか…と云《い》いたいが、その結果がこのザマじゃあな。騏驎《きりん》も老いぬれば駑馬《どば》に劣《おと》るってか？」

太宰治「…くっ」
中原中也「…何がおかしい」
太宰治「いいことを教えよう。明日、五大幹部会がある」
中原中也「莫迦《ばか》な、あるならとっくに連絡《れんらく》が…」
太宰治「私の予言は必ず中《あた》る。知ってると思うけど」
中原中也「…」
太宰治「君は私を殺さない。どころか懸賞《けんしょう》金の払《はら》い主に関する情報の在処《ありか》を教えたうえで、この部屋を出て行く。それも、内股《うちまた》歩きのお嬢様《じょうさま》口調でね」
中原中也「はあ？」
太宰治「組織上層部にある手紙を送った」
中原中也「…手紙？」
太宰治「内容はこうだ。『太宰死歿《しぼつ》せしむる時、汝《なんじ》らのあらゆる秘匿《ひとく》、公《おおやけ》にならん』」
中原中也「…？」
太宰治「噛《か》み砕《くだ》いて云うと、太宰が殺されたら組織の秘密が全部バラされるよってとこかな」

中也の携帯《けいたい》が鳴る。

中原中也「！」

中也は太宰から離《はな》れ、太宰を睨《にら》みつつ、横目でメールを確認《かくにん》する。

太宰は楽しそうに微笑《ほほえ》み、

太宰治「緊急《きんきゅう》招集のお知らせかな？」
中原中也「真逆手前《テメエ》…」
太宰治「検事局に渡《わた》ればマフィア幹部全員百回は死刑《しけい》に出来る情報だよ。緊急
　幹部会義が開かれるに値《あたい》するね」
中原中也「そんな脅《おど》しに日和《ひよ》るほどマフィアは温《ぬる》くねえ、手前は死ぬ」
太宰治「けどそれは幹部会の決定事項《じこう》だ。決定より前に私を勝手に殺したら…
　君は罷免《ひめん》か、最悪処刑《しょけい》だ」

中原中也「…俺が諸々《もろもろ》の柵《しがらみ》を振《ふ》り切って、形振《なりふ》り構《かま》わず手前を殺したとしても
…手前は死ねて喜ぶだけ…か」

太宰は微笑み、

太宰治「ってことで、やりたきゃどーぞ」
中原中也「…」
太宰治「ほら早く。まーだーかーなー」

中也は怒《いか》りに震《ふる》えながらも、ナイフを捨てる。

太宰治「何だ、やめるの？ 私の所為《せい》で組織を追われる中也ってのも素敵《すてき》だったのに」
中原中也「くそ…」

中也はハッとし、

中原中也「…目的は二つって言ってたよな？」

太宰はニヤニヤしている。

中原中也「真逆…ってことは…二番目の目的は、俺にこの最悪な選択《せんたく》をさせること？」

太宰治「そ。久しぶりの再会なんだ、このくらいのサプライズは当然だよ」

微笑む太宰。

中也は膝《ひざ》をつき、

中原中也「…死なす…絶対こいつ死なす…」

太宰治「おっと、倒《たお》れる前にもうひと仕事だ」

中原中也「…人虎がどうとかの話なら芥川が仕切ってた。奴《やつ》は二階の通信保管所に記録を残してる筈《はず》だ」

太宰治「どうも」

中原中也「用を済ませて消えろ」

中也が去りかける。

太宰治「そうだ、一つ訂正《ていせい》」

中原中也「?」

太宰治「今の私は美女と心中が夢なので君に蹴《け》り殺されても毛ほども嬉《うれ》しくない。悪いね」

中原中也「あ、そう。じゃ、今度自殺志望の美人、探しといてやるよ」

太宰は感動し、

太宰治「中也…君は実は良い人だったのかい?」

中原中也「早く死ねって意味だよバカヤロウ」

中也が去りながら、

中原中也「云《い》っておくがな、太宰。これで終わると思うなよ」

中也は振り返って太宰を指差し、

中原中也「二度目はねえぞ」

太宰治「…違《ちが》う違う、何か忘れてない？」

中原中也「…」

中也は背中を向けて屈辱《くつじょく》に耐《た》えている。

太宰はワクワクしている。

中也は覚悟《かくご》を決めて振り返り内股《うちまた》で、

中原中也「二度目はなくってよ！」

膝から崩《くず》れ落ちる太宰。

闇《やみ》。

【9場】

霧笛《むてき》の音が聞こえる。

ポートマフィアの船上アジト。

敦が倒れている。

扉《とびら》が開き、鏡花が現れる。

泉鏡花「…」

中島敦「…鏡花ちゃん」

敦はなんとか立ち上がる。

中島敦「…ここは？」
泉鏡花「…海の上」
霧笛の音が響《ひび》いている。
中島敦「…船か」
泉鏡花「…マフィアが武器弾薬《だんやく》を密輸するときに使う船」
中島敦「…僕を売り飛ばそうってわけか」
鏡花の背後から芥川が現れる。
中島敦「…芥川」
芥川龍之介「…」
羅生門が敦を吹《ふ》き飛ばす。

芥川龍之介「…殺すつもりで刺《さ》したが…それが白虎《びゃっこ》の治癒《ちゆ》力か…」

芥川は敦を踏《ふ》みつける。

芥川龍之介「…貴様の買い手はついた…引き渡《わた》しまで逃《に》げ出さぬよう…こうして死なない程度に生かしておいてやる…」

敦を踏みにじる芥川。

中島敦「…ぐ…あ…」

芥川龍之介「…弱者に身の振《ふ》り方を決める権利は無い…貴様も僕《やつがれ》にとっては…ただの駒《こま》……駒が……僕《やつがれ》を愚弄《ぐろう》するなど……許さぬ」

芥川はハッキリと敵意を持って敦を踏みにじる。

芥川龍之介「…？」

鏡花が芥川に銃《じゅう》を向けている。

泉鏡花「…彼を逃《のが》して」

芥川龍之介「…外の世界に触《ふ》れて心が動いたか」

羅生門が鏡花の銃を吹き飛ばす。

泉鏡花「！」

芥川は鏡花の首を絞《し》め、

芥川龍之介「…どん底を知っているか？　其処《そこ》は光の差さぬ無間の深淵《しんえん》だ…有るのは…汚泥《おでい》、腐臭《ふしゅう》、自己憐憫《れんびん》…遥《はる》か上方の穴から時折人が覗《のぞ》き込むが、誰《だれ》もお前に気づかない…ひと呼吸毎《ごと》に惨《みじ》めさが肺を灼《や》く…外でお前を待つのはそれだ、鏡花…」

泉鏡花「…」
芥川龍之介「…夜叉白雪は殺戮《さつりく》の権化《ごんげ》…そんなお前が、マフィアの外で普通《ふつう》に生きると？」

芥川は敦に、

芥川龍之介「…人虎《じんこ》、教えてやるがいい…誰にも貢献《こうけん》せず…誰にも頼《たよ》られず…泥虫《どろむし》のように…怯《おび》え、隠《かく》れて生きるのが如何《どう》いうことか…」
中島敦「…」

俯《うつむ》く敦。

芥川龍之介「…殺しを続けろ鏡花、マフィアの一員として」
泉鏡花「…」
芥川龍之介「でなければ呼吸をするな…無価値な人間に呼吸をする権利は無い」
泉鏡花「…そうかもしれない…でも…」

鏡花は敦に向かって、

泉鏡花「…クレープ…おいしかった」

中島敦「…！」

敦が顔を上げる。

鏡花の手には爆弾《ばくだん》の起爆スイッチ。

スイッチを押す鏡花。

爆発が起き、芥川と鏡花が吹き飛ばされる。

芥川龍之介「…爆薬…自決するつもりか、鏡花」

泉鏡花「逃げて！」

中島敦「…でも」
泉鏡花「お願い！　逃げて！」
中島敦「…」

敦は立ち上がれない。

芥川龍之介「…起爆装置をよこせ」

鏡花は爆弾を起爆させる。

爆発が起きる。

芥川龍之介「…それが…お前の意志か」
泉鏡花「…」

頷《うなず》く鏡花。

泉鏡花「爆弾をしかけた…全部で35個…これだけあれば」
芥川龍之介「…船ごと沈《しず》めるつもりか」

鏡花が走り出す。

芥川龍之介「…何処《どこ》へ行こうというのだ」
泉鏡花「…どん底」

鏡花が走り去る。

芥川龍之介「…面白《おもしろ》い」

芥川が鏡花を追う。

中島敦「…」

敦は立ち上がろうとするが力が入らず諦《あきら》める。

中島敦「…駄目《だめ》だ…力が入らない…こんなんじゃ逃《に》げることなんて…」

敦はハッとして、

中島敦「逃げる？　彼女を置いて？　この期《ご》に及《およ》んで僕はまた人を不幸にして…情けない…でも…今の僕じゃ…アイツには勝てない…ただでさえ強いのに…あんなに敵意むき出しで…敵意…そう…あれは明らかに敵意だった…どうして僕に…」

爆発が起きて吹《ふ》っ飛ぶ敦。

中島敦「…もういいや…どうだって…」

院長の声が聞こえる。

院長「そうだ。それでいい。己《おのれ》の無力さを知るがいい。それがお前だ。お前は生かされているのだ。周りを不幸にすることによって生きながらえる、それがお前なのだ。お前に誰《だれ》かを救う事など出来はしない。お前は無価値な人間なのだ」

敦が頭を抱《かか》える。

中島敦「…違《ちが》う…違う…違う違う違う！　確かに僕は無力だ、周りを不幸にする人間だ！　でも……僕は見た、見たんだ……そんな僕を拾ってくれた人のことを。人食い虎で、警察に追われてて、助ければ自分達にも罪が及ぶかもしれないような僕のことを……何のためらいもなく、助けた人のことを！　何が違う？　今の僕と、彼女と何が違う？　もし本当に、無価値な人間には呼吸する権利もないなら……武装探偵《たんてい》社は間違ってるのか？　太宰さんは間違ってたのか！」

敦はなんとか立ち上がり、

中島敦「…あなたにそれが決められるんですか！　決められないはずだ！　絶対に！」

院長「…」

院長の気配が消える。

小型船に乗った独歩が現れる。

国木田独歩「小僧《こぞう》！　無事か！」

中島敦「…国木田さん」

連続して爆発が起きる。

国木田独歩「…誘爆《ゆうばく》？　積み荷は弾薬《だんやく》か。小僧、その船はじきに沈む！　こっちに飛び移れ！」
中島敦「…彼女は…」
国木田独歩「あの娘《むすめ》は諦めろ！　善良な者がいつでも助かるわけではない！　俺も何度も失敗してきた！」
独歩は拳《こぶし》を握《にぎ》りしめ、
国木田独歩「…俺達はヒーローではない…そうならいいと何度思ったかしれん…だが違うんだ！」
敦は微笑《びしょう》を浮《う》かべ、
中島敦「…国木田さん…そのボートは何人乗りですか？」
国木田独歩「…小僧、何を言っている？」
中島敦「国木田さんだって助けに来たじゃないですか。共に沈むかもしれないのに……。国木田さん、彼女は生きて……もう一度、クレープを食べなきゃならないんだ！　僕にはそれが判《わか》るんだ！」

国木田独歩「…」

中島敦「…僕は…彼女を助けます！」

敦が走り出す。

国木田独歩「…走れ…走れ敦！」

×　×　×

鏡花は爆弾《ばくだん》を爆発させながら羅生門を避《よ》けている。

泉鏡花「！」

起爆装置を吹き飛ばされる。

芥川は鏡花の首を摑《つか》み、

芥川龍之介「…鏡花…是迄《これまで》の労に報《むく》い、楽に殺してやろう…死ね」

鏡花の首を締《し》め上げていく芥川。

腕《うで》が白虎《びゃっこ》化した敦が芥川に襲《おそ》いかかる。

芥川龍之介「！」

芥川は避け、敦は鏡花を救出する。

敦は意識を失っている鏡花を寝《ね》かせる。

中島敦「…」

芥川龍之介「…」

対峙《たいじ》する二人。

爆発が起きる。

芥川龍之介「…さっさと勝負をつけよう」
中島敦「懸賞金《けんしょう》をとりっぱぐれるぞ」
芥川龍之介「最早《もはや》貴様を生かして渡《わた》す気などない」
中島敦「…お前は許せない」
芥川龍之介「僕《やつがれ》とて同じこと」

爆発をきっかけにバトルが始まる。
肉弾戦《にくだん》による一進一退の攻防《こうぼう》。

敦の連続攻撃《こうげき》を羅生門で受け止める芥川。

決定打は与《あた》えられないが、敦が優勢。

芥川龍之介「…ちっ」

芥川が離《はな》れる。

芥川龍之介「…餓鬼《がき》の殴《なぐ》り合いにはつきあえぬ」

羅生門を矢継《やつ》ぎ早に放つ芥川。

敦は避けながら、

中島敦「この距離《きょり》は奴《やつ》の間合い…なんとか近づかないと…」

羅生門の直撃を食らって吹《ふ》っ飛ぶ敦。

敦が動かなくなる。

敦を見下ろす芥川。

芥川龍之介「…この程度か」

背を向けて歩き出す芥川。

中島敦「…」

ゆっくり立ち上がる敦。

芥川龍之介「…?」

中島敦「ああああああああああ!」

敦が芥川を殴り飛ばす。

むせ返り、吐血《とけつ》し、動かなくなる芥川。

いつの間にか、時間は芥川の過去へ。

4年前。

芥川がなんとか立ち上がろうとする。

芥川龍之介「…何故《なぜ》…何故…何故…何故!」

いつの間にか現れた太宰が座っている。

太宰治「…今晩は、善い夜だね」

芥川龍之介「！」

　芥川はなんとか立ち上がる。

太宰治「…立ち上がってどうするんだい？」

芥川龍之介「…仲間を…助ける…」

　太宰は気の毒そうな顔を浮《う》かべ、

太宰治「…みんな…死んだよ…見ていたんだろう？」

芥川龍之介「！」

　俯《うつむ》く芥川。

　芥川は涙《なみだ》をこらえ、ふらふらと歩き出す。

太宰治「何処《どこ》へ行くんだい？」
芥川龍之介「…仲間の…仇《かたき》を…」
太宰治「…すまないね、連中は私が殺してしまった」

芥川は呆気《あっけ》にとられ、

芥川龍之介「…信じられぬ…あれほど強かった連中を…！」
太宰治「大した事じゃない」
芥川龍之介「…」
太宰治「君は将来、私よりずっと強くなる」
芥川龍之介「貴方《あなた》は何者だ…悪魔《あくま》か…？　とても、人間とは…」
太宰治「私は太宰。ポートマフィアの太宰治だ…君を勧誘《かんゆう》に来た」

手を差し伸《の》べる太宰。

混乱し、激高する芥川。

芥川龍之介「何だ？　何なのだ？　将来？　将来だと！　僕《やつがれ》に将来などない！　奴らを殺し、一人でも多く殺し、差し違《ちが》えて僕《やつがれ》も死ぬ！　それしかなかった！　…なかったのだ！　ほんの…数分前まで…！」

太宰、芥川をじっと見つめる。

太宰治「欲しいものはあるかい？」

欲しいものがある芥川、だが、すぐには言葉にできない。

芥川龍之介「…ある。…僕《やつがれ》に、生きる意味を…、与えられるか…？」

太宰治「与えられる」

芥川は俯き、咆《ほ》え、慟哭《どうこく》する。

現在に戻《もど》っている。

太宰がいなくなる。

時間が現在に戻っている。

鏡花の下《もと》へ向かおうとする敦。

芥川が立ち上がる。

芥川龍之介「…何故だ…何故貴様なのだ…」

中島敦「…？」

芥川龍之介「うあああああああ！」

芥川が敦を殴《なぐ》り飛ばす。

芥川龍之介「…貴様の異能は所詮《しょせん》、身につけて幾許《いくばく》も無い付け焼き刃《ば》…欠缺《けんけつ》ばかりで戦術の見通しも甘い…だのに…何故貴様なのだ！」
中島敦「…？」
芥川龍之介「…云《い》わせぬ」
　別空間に太宰が現れる。
太宰治「私の新しい部下は君なんかよりよっぽど優秀《ゆうしゅう》だよ」
　太宰がいなくなる。
　芥川は怒《いか》りに震《ふる》え、
芥川龍之介「あの人にあのような言葉！　二度と云わせぬ！」
　無数の羅生門が敦を搦《から》めとる。

芥川龍之介「羅生門…彼岸桜《ひがんざくら》！」

羅生門が炸裂《さくれつ》する。

敦が動かなくなる。

芥川龍之介「…此奴《こいつ》を倒《たお》したところで…」

芥川は虚《むな》しい表情を浮かべる。

中島敦「…待…て…」

芥川は驚愕《きょうがく》し、

芥川龍之介「…完全に入った…動ける筈《はず》が…」

敦は立ち上がりながら、

中島敦「…お前は…そんなに強いのに…どうして彼女を利用したんだ」

芥川龍之介「…夜叉白雪は殺戮《さつりく》の異能。人を殺さねば無価値。利用ではない…僕《やつがれ》は鏡花に価値を与《あた》えただけだ…生きる価値を…」

中島敦「それだ」

芥川龍之介「？」

中島敦「誰《だれ》かに生きる価値が有るか無いかを…お前が判断するな」

芥川龍之介「…」

中島敦「判断なんてできないんだ。この世の誰にも」

敦が芥川に近づいていく。

芥川龍之介「…羅生門…早蕨《さわらび》！」

地面から現れた大量の羅生門が敦を貫《つらぬ》く。

敦は貫かれながらも芥川に近づいていく。

芥川龍之介「！」

中島敦「どうして彼女にもっと…違う言葉をかけてやれなかったんだ」

芥川龍之介「羅生門…獄門顎《ごくもんあぎと》！」

巨大《きょだい》な羅生門が敦を嚙《か》み砕《くだ》く。

芥川龍之介「！」

敦は倒れること無く、芥川に近寄っていく。

芥川は内心、ハッキリと恐《おそ》れを抱《いだ》く。

敦は芥川の胸ぐらを掴《つか》み、
中島敦「…人は…誰かに『生きていいよ』と云われなくちゃ生きていけないんだ！　そんな簡単なことがどうしてわからないんだ！」

芥川龍之介「！」

中島敦「ああああああああああああああああああああああああ！」

敦の拳《こぶし》が芥川の顔面をとらえる。

と、同時に白虎《びゃっこ》が走り抜《ぬ》ける。

芥川は吹《ふ》っ飛び、動かなくなる。

敦も力尽《ちからつ》き、倒れる。

誘爆《ゆうばく》が起きる。

鏡花が目を覚ます。

敦を抱《かか》えようとする鏡花。

独歩が転がり込んで来る。

独歩は鏡花にかわって敦を抱え、三人はいなくなる。

爆煙《ばくえん》に包まれる。

【10場】

ポートマフィアのアジト。

ベタに、抜き足差し足で忍《しの》び込んでいる太宰。

太宰治「…全く…マフィアのくせにセキュリティが甘過ぎるよ…私がいたときと機密資料の隠《かく》し場所が変わっていない」

太宰は資料を探す。

太宰治「さて…七十億も支払《しはら》って虎《とら》を買おうとしたのは何処《どこ》の誰かな――?」

太宰の動きが止まる。

太宰治「…此奴等《こいつら》は…」

防犯ベルが鳴る。

太宰治「お、いかんいかん」

資料を戻《もど》してコソコソと去って行く太宰。

【11場】

敦、鏡花、独歩、賢治、与謝野、谷崎、ナオミがいる。

泉鏡花「此処《ここ》に置いて下さい」

独歩に頭を下げる鏡花。

国木田独歩「…やめておけ」

泉鏡花「…」

国木田独歩「元マフィアだからではない。仕事が無いわけでもない。だがやめておけ、甘い世界ではないぞ」

中島敦「此処に居たら孰《いず》れマフィアに見つかる。むしろ遠くに逃《に》げた方が…」

泉鏡花「…私には…殺しの他《ほか》に何も出来ないとあいつは云《い》った…違《ちが》うと自分に証明したい」

中島敦「…」

　敦も独歩に頭を下げ、

中島敦「僕からもお願いします」

沈黙《ちんもく》。

ドーンと目潰《めつぶ》しライトと共に福沢諭吉が登場。

当然、姿は見えない。

福沢諭吉「……採用」

ドーンと去って行く福沢諭吉。

独歩以外は「やったー！」と割とハッキリと喜びを表現する。

谷崎ナオミ「良かったね、鏡花ちゃん！」

頷《うなず》く鏡花。

乱歩が帰って来る。

江戸川乱歩「ただいまぁ〜！」
谷崎潤一郎「あ、乱歩さん、鏡花ちゃんが探偵《たんてい》社の一員になりました！」
江戸川乱歩「あ、そうなの？　あ、これさっき話した練《ね》ると色が変わるお菓子《かし》。
練って良いよ」

鏡花に練り菓子を渡《わた》す乱歩。

ナオミはメイド服を持ち出し、

谷崎ナオミ「鏡花ちゃん！　これ！　これ着てみて！」
谷崎潤一郎「あー、これ絶対似合うやつだ」
　与謝野、賢治も一緒《いっしょ》になって、鏡花の身体《からだ》にメイド服をあててはしゃぐ。
　いつの間にか太宰も戻って来て皆《みんな》の様子を楽しそうに眺《なが》めている。
　鏡花の奪《うば》い合いの様相を呈《てい》しながら、敦を残してストップモーション。
中島敦「……僕は……無力な人間かもしれない……でも決して無価値なんかじゃない。此処には……こんな僕のことを必要としてくれる人達がいる」
　敦は探偵社の仲間を見る。
中島敦「みんな……僕にとっても必要な……大切な人達だ。だから……僕は……大切な人達を……少しでも幸せに出来るような……そんな人間に……いつかは……」

いつの間にかやって来ていた鏡花が敦の袖《そで》を摑《つか》む。

泉鏡花「…」

敦は鏡花の表情から察して、

中島敦「…クレープ？」

鏡花は嬉《うれ》しそうに頷く。

新人に鏡花を独り占《じ》めにされて、少々納得《なっとく》のいかないい探偵社の面々。

敦と鏡花が連れ立って出て行く。

おしまい

舞台

文豪ストレイドッグス

Bungo Stray Dogs on Stage

SCENARIO AND INTERVIEW BOOK

キャストインタビュー　中島　敦

鳥越裕貴

鳥越裕貴【とりごえ・ゆうき】

1991年3月31日生まれ、大阪府出身。

主な出演作として、舞台では『弱虫ペダル』、『竹林の人々』、『名なしの侍』、『絵本合法衢』、『ハイスクール！奇面組』、ミュージカル『刀剣乱舞』〜幕末天狼傳〜、ミュージカル『刀剣乱舞』〜結びの響、始まりの音〜 など他多数出演。【テレビバ】オリジナルドラマ「寝ないの？小山内三兄弟」（日本テレビ）、TVドラマ「栄子と直美のワーキングブルース」（日本テレビ）に出演するなど舞台や映像に幅広く活躍している。

「これ絶対おもろなる。間違《まちが》いないな」って

——最初にアニメの印象からお聞かせ下さい。

鳥越《とりごえ》　実は舞台《ぶたい》の話を頂く前に「面白《おもしろ》いアニメがあるぞ」という話を友達から聞いてたんです。「そんな言うなんて珍《めずら》しいな」と話してたら、依頼《いらい》があって「わ、コレか！」と。それで、アニメを一気に見て、ぐわーっとハマりました！　三回くらい繰《く》り返し見て、「これ演劇にしたらめちゃくちゃおもろいやろな」と、感じました。話を頂いた時には、脚本《きゃくほん》と演出の方が決まってたんですよね。中屋敷《なかやしき》さん（演出・中屋敷法仁《のりひと》さん）とご一緒するのは初めてだったんですけど、「これ絶対おもろなる。間違いないな」と思いました。

——ご出演の依頼があった時から、いい舞台になると予感されてたんですね。

鳥越　そうですね。友達の話といい、アニメを見て演劇にしたら面白いと感じたことといい、自分が演《や》る意味があると思ったので、「これはぜひやりたいです！」と、マネージャーさんに懇願《こんがん》したのを覚えてます。

——ご自分が演る意味があると思われたのは、どういう部分でしょうか？

鳥越　その時、自分の中に「もっと演劇をしたい」という思いがありました。『文豪ストレイドッグス』は、キャラクターの心情が丁寧《ていねい》に描《えが》かれているじゃないですか。個々のキャラクターがちゃんと生きているのを見た時に、「僕も生きたい！」と共感したんです。敦で依頼を頂いていたんですけど、敦と一緒《いっしょ》で、僕も素直《すなお》に感情を出せるタイプなんですよね。役者として、積み立てとか構築がすごく楽しそうやな、と思って。ワクワクして、早くやりたい早くやりたい、稽古《けいこ》したいっていうのがずっとありました。

――脚本を読まれた時の第一印象は？

鳥越　単純に台本を開いた時に、「うわ〜、冒頭《ぼうとう》のこの子（江戸川乱歩役・長江崚行《ながえりょうき》さん）、大変やな〜」と思いました（笑）。（※注：冒頭、乱歩役の長江さんの客席からの台詞《せりふ》で始まる）幕が上がる時の、最初のこういうのって本当に大変なんです。しかも彼は、カンパニーの最年少だったので「めっちゃプレッシャー与《あた》えたろ」という悪い先輩《せんぱい》の気持ちになりました（笑）。

そこからバトンタッチされて、自分の場面で「わー、川！」っていうくだりがあったんですね。（※1幕1場、18頁）御笠ノさんのこと（脚本・御笠ノ忠次さん）、僕は知ってるんで「挑戦《ちょうせん》されてるな」と感じました。御笠ノさんが「ここ結構大事だぞ。演劇として川を今から表現するんだぞ、見せるんだぞ、ドッグスチーム（アンサンブル）と！」と、言ってるんだろうな、と受け取りました。こういう演劇的なことがやりたかったので、受けてよかったとも思いましたね。

――初めからイケる！　という気持ちだったのが、脚本を読んだり、稽古が始まったりして、どんどん確信に変わっていった感じでしょうか。

鳥越　そうですね。稽古中に、一回通した時にキャストのみんながパチン！　と手ごたえを感じたことがあったんです。これはいける！　ここからちゃんと構築すればどえらいものになるんじゃないか、と気持ちが纏《まと》まったんですよね。あとは、ドッグスチームの身体能力と身体表現のすごさ！　拓朗《たくろう》さん（振付《ふりつけ》・スズキ拓朗さん）の振付が素晴らしいんです。拓朗さんも天才なんですけど、中屋敷さんも天才なんですよ。天才同士の掛《か》け合いは、僕らから見てると、わけのわからないレベルの高さの話で、最初は「これでいけるの？」と理解が追いつかないんですけど、稽古しているとちゃんと見えてくるものがあって。だから稽古中もずっと楽しかったですね。

――パッケージに収録されているメイキング映像を拝見したのですが、中屋敷さんは全身をつかって演出をつけてらっしゃいますね。

鳥越　そうなんです！（笑）　稽古中「何かめっちゃ笑ってる人いるな」と思ったら、中屋敷さんだったり。稽古場に大きなシャッターがあるんですけど、稽古中に、興奮しすぎた中屋敷さんがバインダーで頭をバンバン叩《たた》きながら、そのシャッターに頭をバーンとぶつけて、開いてしまったこともありました。「もう、そんな面白いのやめてや！」みたいなエピソードですよね（笑）。

——先ほど、この作品は演劇に向いていると思ったと伺《うかが》ったのですが、公演パンフレットのインタビューでも、朝霧《あさぎり》さん、御笠ノさん、中屋敷さんも、演劇として成り立たせたいとおっしゃっています。現場もその目標にむかって、突《つ》き進んでいるような感じだったんでしょうか。

鳥越　こんな現場は見たことないと思うくらい、そうでした。それこそKADOKAWAさんの熱量だったり、中屋敷さん、御笠ノさんも、熱量ありましたし、僕も負けたくないと熱量あげて作品を好きになりました。ちょうど舞台の時、『文豪』のソーシャルゲーム（文豪ストレイドッグス　迷キ犬怪奇《かいき》譚《たん》）が出てたんです。音響《おんきょう》さん、照明さん、舞台監《ぶたいかん》督《とく》さんとか、皆《みな》さんがちょっと休憩《きゅうけい》があってもゲームをしたり、単行本を読んだりして、「こんな現場ある!?」と、びっくりしたのを覚えています。各セクションのスタッフさんたちが作品を愛していて、これはすごいパワーになるんじゃないか、お客さんに伝わるものになるんじゃないかと思っていました。

——すごい熱量だった舞台裏の雰囲気《ふんいき》が伝わってきます！　そんな中で、ご自身が演じた中島敦の印象や、2次元のキャラを3次元で演じる時に気をつけていることを伺えれば……。

鳥越　ずっと「できるだけ、僕がやるからこその敦をやりたい」と、考えていました。演劇ならではの見せ方ができるといいなと思ったんです。もちろんアニメの表現で敦の特徴《とくちょう》的なもの、たとえば手と膝《ひざ》をついた敦のお尻《しり》がぷりん！　ってなるところとかは、見ていて面白かったので、「ちょいちょいはさもうかな」、と（笑）。

敦を理解するために、原作からいろいろな材料をもらって、それを鳥越裕貴《ゆうき》というベースに付け加える作業はすごく楽しかったです。たまに鳥越成分が多すぎるから減らしたり、バランスをとる中で、共演のキャストから影響《えいきょう》も受けました。そこは演劇ならではの面白い部分で、輝馬《てるま》（国木田独歩役）とか、桑野晃輔《くわのこうすけ》（谷崎潤一郎役）とか、彼らと演じることで、公演ごとに大筋は一緒ですけど、細かいところが違《ちが》ってきたり、いい意味で新鮮《しんせん》に楽しくやれていたと思います。

まとめるというか、ずっとつっこんでいた気がします

——舞台だとアドリブも見所のひとつだと思うのですが、印象に残っているアドリブはあ

りますか？

鳥越　それなら、与謝野さんが入ってくるのを、察知してみんなが逃《に》げるシーンですかね。（※2幕2場、109頁）脚本通りなら、誰《だれ》もいなくなって敦が慌《あわ》てるはずが、振《ふ》り返ると輝馬や桑野が残っている時があるんですよ。そこでお互《たが》いアイコンタクトで「さあ、アドリブを始めるぞ！　どうする!?」となりまして（笑）。彼らが「にゃん！」とか猫《ねこ》の振りをすると、こちらも受けて猫とじゃれ合う芝居《しばい》をしたりしました。あと、どこかで一度、輝馬が壁《かべ》になっていたことがあったんです。

――壁ですか？

鳥越　後ろを向いて背景のパネルにはりついていて、「これちょっと面白いな」と思いました ね（笑）。千秋楽のそのシーンで、輝馬がすごく悩《なや》んでいる気配があったんです。千秋楽だから（映像の収録があって）残るし、脚本通りにはけるのかそれとも残るか、すごく迷ってるのを感じたんですよ。それで、いつもよりちょっとためて振り返ったら、舞台にはいなかったんですが、袖《そで》でもごもごしている輝馬が見えました（笑）。「それたぶん悔《く》い残ってるやん！　袖に残っとんのなら何かやれよ！」と、つっこみたくなりましたね。袖まで行こうか悩みましたけど、最終的には「アカンな」と思いとどまりました（笑）。

――パッケージを見た時に、袖が気になってしまいます、見えないんですけど（笑）。

鳥越　すごく雰囲気のいい現場で、みんな楽しんでいました。

役だけじゃなくて、素《す》でも個性豊かなメンバーが多かったと思います。たとえば今《いま》村《むら》美《み》歩《ほ》（与謝野晶子役）は、お芝居はキリッとしてるんですが、カンパニーの天然記念物的存在というか。彼女が、「鳥さんのお芝居がすごく好き」って言ってくれて、「お芝居を一番近くで見るベストポジションを見つけたんです！」と、報告してくれたんです。その後の本番で、僕が袖から舞台《ぶたい》に出ようとしたら「そこ邪魔《じゃま》です」と演出部の人に言われて、謝っている彼女が見えて（笑）。おそらくベストポジションが、本番中にいてはいけない場所だったんでしょうね。

――（笑）

鳥越　僕は「もう、笑かすなよ」と思いながら、本番に臨みました（笑）。

――お話を伺っていると、楽しいカンパニーだった様子が伝わってきます。稽古場《けいこば》では、皆さんどんな感じだったんでしょうか。

鳥越　稽古場では、いっぱいふざけたりしてました（笑）。橋本祥平《はしもとしょうへい》（芥川龍之介役）とは、この舞台の5、6年前に共演したんですが、あんまり絡《から》みがなかったんです。いつかまた共演したいと思っていたら、話を頂いたのがこの舞台でした。「これはもう運命かな」というタイミングで共演させてもらって、役の上ではライバル的な芝居させてもらったんですが、稽古場ではオフになると、二人でずっとふざけてましたね（笑）。でも、それを誰も見てくれないんです。

――（笑）

鳥越　誰も見てくれなくて、舞台監督さんだけが見てくれて……お父さんみたいな包容力で、ずっと笑ってくれているんです。後半はその人のために、やっているようなものでした（笑）。

あとは芝居好きなメンバーが多かったので、その時に稽古しているシーンをみんなで見学していたのが印象に残っています。

――人数も多いカンパニーというイメージがあるんですが、座長としてまとめたりは？

鳥越　まとめるというか、ずっとつっこんでいた気がします。本当にメンバーが個性的でした。

忘れられないのは、最初の顔合わせの時に、多和《たわ》ちゃん（太宰治役・多和田秀弥《たわだひでや》さん）が、遅《おく》れて合流した時のことです。今村が多和ちゃんに挨拶《あいさつ》のために近寄って行ったら、彼はその分下がって、距離《きょり》をとるんですよ。「なにそれ！」と、なりましたね（笑）。今回が初舞台《はつぶたい》だった堀之内《ほりのうち》（宮沢賢治役・堀之内仁《ひとし》さん）も、強烈《きょうれつ》でしたね。彼は面白《おもしろ》いのがわかってきたので、僕が「全部ひろったるから、何でもやっていいぞ」と言ったんです。そしたら、まさかのメンタルの強さで、こちらがくわれてしまうようなボケを残してくる。「一発ギャグコーナーみたいなものを、稽古場で彼にふってたんですが「ピスタチオ♪　ピスタチオ♪」と繰《く》り返しながらしゃがんで、ピスタチオを拾うっていうわけのわからんネタをやりだしたんですよね。それがカンパニーのみんなのツボにはまって、どんどんネタを仕込んで攻《せ》めてくるので、すごいなと感心しました。

そんな話が、みんなそれぞれにあるんですよ。

——そのそれぞれを、詳《くわ》しくお伺いしたいです。

鳥越　檸檬《レモン》（梶井基次郎役・正木航平《まさきこうへい》さん）は、学年が僕の一個上なんですけど、面白いんですよね。メイキングでも、カメラがないところですべり倒《たお》していますしね。メイキング見ながら「おい、なにしてんねん」と、思わずつっこむレベルなんですよ（笑）。堀之内と一緒《いっしょ》にツッコミがいないところでボケてるからもう、悲惨《ひさん》なメイキングになっているような……。

――あれはあれで、見ている方は楽しかったと思います！

鳥越　女子は樋口の姐《ねえ》さん（樋口一葉役・平田裕香《ひらたゆか》さん）がまとめてくださって、すごくいい女子チームでした。男子も男子で好き放題やりつつ、やる時は決めるメンバーだったので、毎日稽古《けいこ》が楽しかったです。予定があえば、みんなでご飯も行きました。ご飯と言えば稽古の中盤《ちゅうばん》くらいに、探偵《たんてい》社メンバーだけで行ったことがあったんです。そろそろがっつり話をしようと思って、知っている店に誘《さそ》ったんですが、稽古で僕が遅れてしまったんですよね。あとから合流したら、肉の店で、会計がどえらい金額になってました。誘ったし、絶対自分が払《はら》おうと決めてたんですが、レシートを見たら内容もすごかったんです。普通《ふつう》はデザートはひとり一皿じゃないですか。でも、ひとり三皿くらい食べてるんですよ。みんな、自由だな！（笑）でもいっぱい話もして、そこから芝居もちょっと変わったと思います。自由奔放《ほんぽう》なメンバーが多いですが、本当に楽しかったです。

「ここで戻《もど》さなきゃ僕ら負けるで」
「わかりました。鳥さんやりましょう」

――稽古場での通し稽古のタイミングが、ものすごく早かったとお聞きしました。
鳥越　それが、中屋敷さんの稽古のスタイルなんです。とりあえず一回全部通す。繰り返し稽古できてありがたいんですが、台詞《せりふ》の分量がある人は早めに覚えないといけないので、大変そうでした。
――この舞台は2幕で長時間にわたったと思います。体力的に厳しいものはありましたか？
鳥越　もう本当に、今までで一番しんどいんじゃないかと思うくらい、ヘロヘロでした。
――確かに、運動量がすごかったですよね。
鳥越　これは、訊《き》いて欲しいと思ってました！　戦闘《せんとう》シーンとか、僕の相手はだいたい芥川なんですけど、彼はドッグスチームを使って闘《たたか》うんです。異能が発動すると、誰《だれ》かがふわーっとそれを表現する。でも、僕は自分の身体《からだ》だけで、バンバン攻めたり、チームのポンポン階段上ったり、舞台上を行ったり来たりして闘うわけです。

――確かに芥川は『羅生門』を発動すると、ポーズを決めている印象が（笑）。

鳥越　こんな風にすると（身振《みぶ》り手振りで芥川のポーズをする）、ドッグスチームが布をもってやってくる（笑）。

――それに対して確かに敦は、舞台いっぱいに駆《か》け回って闘っていましたね。戦闘で高い所から落ちているシーンも、ありました。あれは稽古の時から決まっていたんですか？

鳥越　そうですね、2メートルくらい高さがあるんですけど、僕が「これは自分で落ちます」と言いました。落ちたほうが絶対に、お客さんがびっくりすると確信があったんです。でも、見にきてくれた関係者で、「あれスタント？」という人がいて……。

――逆にスタントだったら、いつ入れ替《か》わったんだろうってビックリします（笑）。

鳥越　（笑）。でも、この舞台はそこまで徹底《てってい》して身体を張って、面白くするというのは決めていました。

――敦は激しい動きが多かったと思うのですが、ご自分でおすすめだったり、気に入っているシーンは？

鳥越　そうですね。（手でお金のマークを作って）お金の『きょん！』というのは、地味に好きです。音響《おんきょう》さんがポップないい音をあててくれて、面白いんですよ。茶漬《ちゃづ》けをおかわりする食堂のシーンとかも、敦のかわいらしさが出て、すごく好きです。

あとは自分の、というか、僕と祥平が二人で「ここはほんまに盛り返そうな」と決めたシーンがあります。中也の「二度目はなくってよ！」の後、ポートマフィアの船上アジトのところです。（※2幕9場、175頁）太宰と中也の話になっていたところを引き戻して、敦と芥川の闘いを見せないといけない難しい場面でした。敦と芥川的には、（太宰と中也のシーンがはさまるので）流れが途切《とぎ》れてしまうんです。そうなるだろうとはわかってたんですが、初日に思ってたよりその感覚が強くて、これはまずいと思いました。だから、二日目の幕間に祥平と「ここで戻さなきゃ僕ら負けるで」「わかりました。鳥さんやりましょう」と話をしたんです。そこから毎回、自

分らのストーリーをぎゅっと観客に届けるために、がんばりました。「このシーンでこの作品の締《し》めが決まるぞ」と、祥平と二人で気合いを入れてやっていましたね。

——今回、同じ本に太宰治役の多和田さんと芥川龍之介役の橋本さんのインタビューも収録させて頂きます。ご自分以外のお二人のシーンでおすすめを教えて頂きたいです！

鳥越　多和ちゃんに関してはなんといっても、「あーつーしーくん！」というシーン（笑）。（※1幕6場、58頁）口さけ女かと思うくらい、ぶぅわーっと口が広がる、あの顔ですね！　彼はもともとふざけたがりなんですが、今回は飛び抜《ぬ》けて面白いです。鳥越だったら、近距離《きんきょり》であの顔を見たら笑っちゃいますけど、敦だから耐《た》えられました。いつだったか、多和ちゃんが自分で、「鳥ちゃん、あの顔自分で鏡で見てみたんだけどヤバいね！」と言うので、「いやいやそうやろ、ヤバいやろ！」と全力で同意しました（笑）。

——太宰はイケメンがああいったことやるから許されている、という部分もあるのかなと（笑）。

鳥越　これだから、イケメンはズルイと思います（笑）。

祥平については、今回は僕が座長って言われてますけれど、彼とダブル座長だったという感じがしています。それくらい、すごく助けられましたね、芝居《しばい》もそうですし、ふざけもそうですし、全部についてです。

ふざけも手を抜かないで、毎回ネタを持ってくるんです。千秋楽の返し稽古《げいこ》（公演中も行われるシーンごとの稽古）時も、「鳥さん、一緒にネタやりましょうよ」とふってきたりして。今までの感謝も込めて、一緒にネタをやって最終稽古も終わったんですが、堀之内が祥平のことを「師匠《ししょう》！」と、呼ぶんです。「師匠やっぱり、すげえ面白《おもしろ》いっす！」と言うので、これはあかん方向に行っているなと思いつつ、面白いからこれでいいかと（笑）。

——その楽しそうな雰囲気《ふんいき》が、舞台《ぶたい》での信頼感《しんらい》につながっているんですね。

ナマモノでやるからこその熱量が、この作品にあるんですよね

——原作の朝霧さん、脚本《きゃくほん》の御笠ノさん、演出の中屋敷さんとは、どんなやりとりがあったんでしょうか。

鳥越　中屋敷さんとは初めてだったんですけど、「天才のわけのわからないくらいすごい人」という噂《うわさ》は聞いていたんです。現場でご一緒《いっしょ》してみてわかったのは、作品を深く理解して、纏《まと》めて下さるということでした。

役者へのダメ出しは、そんなになかったんですよ。あんまりないから、何かのインタビューのタイミングで訊《き》いてみたんですね。「中屋敷さんダメ出しないですよね？」「えー、

してるよ！」「えー、されてないですよ。みんなされてないから困ってますよ！」「えっ！　してるよ！　えっ！……あ、夢か」……というやりとりがありまして。その時、衝撃的《しょうげき》すぎて「天才って怖《こわ》い！」と思いました。

――中屋敷さんが夢でしたダメ出しが、現実の役者さんに反映されていたんですかね？（笑）

鳥越　そうなんでしょうか？（笑）　とりあえず、次の稽古《けいこ》でみんなに情報共有しました。「みんな集合。中屋敷さんダメ出しないって思ってるやん。夢の中でしてるから、どんどん訊きにいって」という感じで。そんなことを共有するのも、衝撃的でしたね（笑）。

――公演パンフレットのインタビューを拝見しても、中屋敷さんは、すごくいっぱいエピソードをお持ちですね（笑）。

鳥越　そうなんですよ。天才の周りにいる人は本当に苦労するんだろうな、と感じました。でも面白いですね、自分で演出していてめっちゃ笑う人は、なかなかいないですよ。

――先ほどのシャッターのお話も印象的でした。稽古場で、一番リアクションが大きい方なのかなと思いました。

鳥越　飛び抜けているから、みんなに伝わるんですよね。それで僕たちみんなも安心するんじゃないかとは思いました。

——脚本の御笠ノさんとは、現場ではいかがでしたか？

鳥越　稽古にちょくちょく来て下さった時に、話したりしました。御笠ノさんが、この作品が演劇に向いていると思って脚本を書かれているのは、わかっていたんです。だから、ト書き（脚本で台詞の間に、俳優の動き・出入り、照明・音楽・効果などの演出を説明したり指定したりした文章）で、役者が遊べそうなところは遊んでいいということなんだろうな、と安心して演じることが出来ました。

——原作の朝霧さんも、稽古場には何回かおいでになったとか。

鳥越　そうなんです。お会いしたら、めちゃくちゃええ方でした。ええ方すぎて、僕と朝霧先生とKADOKAWAさんと中屋敷さんとで飲みに行った時に、二件目にもお誘《さそ》いしてしまったんです。それから先生の前で、中屋敷さんと僕が『モンゴメリ説』と『鏡花説』、ヒロインはどっちなんだ論争を繰《く》り広げてしまいまして……（笑）。

——それは、結論が出ないのでは……。

鳥越　そうなんです。結論の出ない論争でした（笑）。

朝霧先生は、顔合わせの時に「この作品は演劇に向いている」と、言葉を下さって。公演パンフレットのコメントに「演劇に勝《まさ》るものはない」とも書いて下さっていて、それを見た時に、僕はしびれたんです。そう言って下さる先生の原作の舞台化で、自分がカンパニーの一員になれたことが本当に嬉《うれ》しいなと思いました。僕も演劇が好きなので、役者冥利《みょうり》に尽《つ》きるといいますか。

朝霧先生の原作は、すごく繊細《せんさい》でいろんな側面があって、演じていてめちゃくちゃ楽しいんです。原作の面白さを読み解いて御笠ノさんが脚本にして下さいますし、それを理解して演出して下さる中屋敷さんもいる。奇才《きさい》、天才がそろった中で芝居ができているんだな、と実感しています。

──原作、脚本、演出、出演者、全て一体となって演劇的な舞台にするんだ！ と挑戦《ちょうせん》されたんだと改めて熱量が伝わってきます！ それをお客さまも受け取って、楽しまれたと思います。

鳥越 今回の舞台、客席の乱歩から始まって、最後に乱歩で終わるという構成は、中屋敷さんの演劇的なこだわりなんだと思います。役者が客席から入って行って、舞台上にぴょんと飛び乗って、いつの間にか作品世界に引き込む。でも面白いからといって成立させるのは難しいので、なかなかできないことを成功させていて、すごいことだと感じています。中身も、映像に頼《たよ》りすぎず、ドッグスチームのプロの技《わざ》や身体能力でいろいろなものを表現しているじゃないですか。ナマモノでやるからこその熱量が、この作品にあるんですよね。

――ありがとうございます。最後に読者の皆様《みなさま》にメッセージをお願いします。

鳥越　この本からでも、アニメからでも、映画、舞台からでも、何でもいいので『文豪ストレイドッグス』を見て下さい！　僕は輝馬と一緒に舞台『黒の時代』を見に行って、めっちゃ泣きました。第一弾《だん》の役者チームで、『文豪』の舞台を客観的に見たいという話が出ていたんですが、『黒の時代』でそれが出来た時に、演劇の熱量はやっぱりすごいと改めて思いました。自分の出ていない舞台でそう感じたのは、悔《くや》しい部分もあって役者としても面白いですし、普通《ふつう》のお客さんとして見ても、いろんな楽しみ方が出来る作品になっています。『文豪ストレイドッグス』プロジェクトの展開はいっぱいあるので、ぜひ繰り返し見て欲しいです。アニメ第3シーズンも、舞台第三弾もあるので、よろしくお願いします！

――ありがとうございました。

舞台

文豪ストレイドッグス

Bungo Stray Dogs on Stage

SCENARIO AND INTERVIEW BOOK

多和田任益

キャストインタビュー　太宰　治

多和田任益【たわだ・ひでや】

1993年11月5日生まれ、大阪府出身。

2012年ミュージカル『テニスの王子様』2nd シーズンで7代目青学・手塚国光役を演じ、その後もSHATNER of WONDER #4『ソラオの世界』（主演）、『熱海殺人事件 NEW GENERATION』など、数々の話題作に出演。また、『手裏剣戦隊ニンニンジャー』(EX)、仮面ライダージオウ スピンオフ『RIDER TIME 仮面ライダーシノビ』や映画『ひだまりが聴こえる』に出演するなど映像分野でも活躍中。2018年11月には、初のスタイルブック「sincere blue」発売と同時に芸名を多和田秀弥から改名した。

「ヤバいこれカタイやつや、文豪避《ぶんごうさ》けてきた人生なのに」

――アニメが原作ですが、ご覧になった時の印象を教えていただけますでしょうか？

多和田　高校の同級生とかで好きな子がいたりして、タイトルは聞いたことがあったんですが、なんとなくしか知らなくて。調べてみたら、うわ絶対これいい意味で変人が多いんだろうな、という空気感を絵のタッチで感じました。なので、武装探偵《たんてい》社は変人の集まりなのかなと一瞬《いっしゅん》思ったんですが、（アニメを見たら）それはいい意味で裏切られたというか、おしゃれだな、と思ったんですよね。

見る前は文豪ってタイトルについてるから「ヤバいこれカタイやつや、文豪避けてきた人生なのに」と思って（笑）。人物の名前と代表作しかわからなかったんですよ。でも文豪を知らない人でもスッと入っていける世界観だなと思いました。最初は太宰の出てる部分だけアニメで見ようと思ったんですが、まんまと全部速攻《そっこう》見ちゃいました。携帯《けいたい》で見られる配信サイトとか、あるじゃないですか。僕はそれに入ってなかったんで、レンタルショップに久しぶりに行って借りて、まとめて『黒の時代』まで見ちゃったんですよね。それぐらい、すごいのめり込んだというか、入っていける感じがして、とにかく先が気になる。この人はどういう人だったんだろう、ここで終わられたら次も見たくなるじゃん！　と、まんまと脚本家《きやくほん》の罠《わな》にはまってドバーッって見た印象がありますね。第3シーズンはまだか！　気になる！　早く4月になれ！　（このインタビューの収録は2019年2月）とずっと思っています。

——舞台《ぶたい》の脚本を読まれた時の第一印象は、いかがでしたか？

多和田　異能力をどうやって表現するんだろうな、というところが気になっていて。僕、演出の中屋敷さんと以前にやったことがあって。あの方がエキセントリックな演出される方なのは知っていたので、すごく『文豪』の世界観と合うなと思ってました。今は映像の技術も上がってるし、どうやって攻《せ》めるんだろうなと思っていたんですけど、アンサンブルのドッグスメンバーが身体《からだ》で表現すると聞いて、そこは楽しみでしたね。

——あの表現は、すごくびっくりしたんですけど、それが世界観にマッチしてて引きずり込まれるというか。異空間に連れていかれる感じがすごくしたので、（プロジェクションマッピングの技術もすごいんですけど、すごく演劇ですよね。

多和田　そうなんですよ。人間の身体を使って全身で表現しているのが、すごく演劇的な手法で舞台ならではだなと思いました。僕は脚本を読んで、最初の川のシーン（※1幕1場、18頁）が引っかかって。というか、これ川どうすんの？　って思いましたね。原作の

ファンで、舞台を今まで見たことがない方もたくさん来てくださると思ってたので、この最初の大きなポイントでお客さんの心をつかまないと、世界観に引っ張っていけないんだろうな、と。自分もやるというのもありましたし。え？　泳ぐ？　どうする？　って（笑）。でも、これが『文スト』の表現なんだなって稽古《けいこ》が始まって、すぐに思いました。

――2次元のキャラクターを3次元で演じられる時に気を付けているところ、こだわりはどんなところですか？

多和田　僕、漫画《まんが》やアニメが原作の舞台はこれが二回目なんですよ。以前の作品の時は、原作のファンの方を裏切ってはいけないとか、ファンの方たちはこういうキャラクター像を求めているんだろうな、ということを優先で、その上で自分をどうやって出せるんだろう、と考えていたんですけど。今回の太宰をやるにあたって、そういった意識がいい意味でなくて囚《とら》われなくて、自由にやらせていただいたというのが正直なところで。

——それは太宰が、ご自身に近かったということですか？

多和田　他《ほか》のインタビューでも話したんですけど、「このキャラクターの、これどうしたらいいんだろう？」というのあるじゃないですか。役者って、自分にないものを表現しなきゃいけない仕事なんで。だけど太宰は脚本を読んだ時に「役作りがいらないかも。逆に怖《こわ》い」と、ぱっと思ったというのが正直な印象です。

唯一《ゆいいつ》、意識しなきゃなと思ってたのが、〝動き〟。コートのひらひら感は意識しました。アニメで（太宰が）立ってると、誰《だれ》か風あててるのか！　っていうくらいコートがひらめくじゃないですか。あれを舞台で僕がやるとギャグになっちゃうので……でもロングコートは一つの大きなポイントで。どうフワッとさせるのかを、衣装込みで楽しんでいただきたかったので、あれは意識しましたし研究しましたね。

——階段の下り方も意識されてましたよね。足運びや着地も、太宰らしさがあってすごかったです。

多和田　着地の時に（コートが）フワッとなるのをどうやったらできるのかな、というのを考えて。ここを手で押さえれば重みでフワッとなるんだな、というのは自分で研究して、そこは割とがんばったポイントですね。

――動きといえば、舞台でオープニングの音楽がかかって、アニメ第1シーズンのオープニングと重ねてらっしゃると思うんですけど、太宰が後ろ向きに落ちるところ、本当に落ちてる！　とドキドキしてました。

多和田　どう見えてるんだろうと思ってたんですけど、パッケージで見たら意外とちゃんと落ちてるように見えるんだな、と。僕、がんばって落ちてたんで。死んでもいいと思って、（受け止めてくれる）ドッグスメンバーに預けてたんです。ここ、中屋敷さんの超絶《ちょうぜつ》こだわりポイントの一つで「怖いと思うけど、どうしても多和ちゃんを後ろから落としたいんだ！」と、最初の頃《ころ》に言われたんですよ。「多和ちゃんならいける、がんばってほしい。外せない。絶対ファンの人は見たいと思う」って。

――KADOKAWAさんからの情報だと、多和田さんの足が長くて、マットの長さが足りなかったとか。

多和田　そうなんですよ。ふわって落ちたらマットから頭がはみ出ていて、「うわ、足りない！」みたいなこともあって。最終的に皆《みな》さんがうまい具合に僕に合わせてくれたので、チームワークって、人と人とでやってるんだなと改めて感じました。

あと、くねくねする動きも、めっちゃ意識しました。アニメ見て「関節ねえな、おかしいじゃん太宰」と思ったんですけど、「あ。僕もよく関節ないって言われるな」って（笑）。ダンスを好きでやってたってのもあるんですが、役立つときが来たなって思いました。

「太宰がいた」と、言ってくださったのがすごく印象に残っています

――原作の朝霧さん、脚本の御笠ノさん、演出の中屋敷さんのエピソードで、印象に残ってることはありますか？

多和田　カフカ先生は、こんなに観《み》に来てくれる方っているのか！　と思いました。ゲネ（ゲネプロ。本公演前に、本番と同じように通す公開稽古）にいらしてくださって、一回見たら次ももう一回見てくださって。「あ、よかったのかな」と、思えた瞬間《しゅんかん》でもありました。

大事にされている作品だから、気になったりとか、見たかったりという気持ちがあったんだと思うんです。でも、たくさん来て、その都度感想を伝えてくださったので、僕らも表現している身としては役者冥利《みょうり》につきるというか。「太宰がいた」と、言ってくださったのがすごく印象に残っています。「やりたいようにやれ！」と中屋敷さんやＫＡＤＯＫ

AWAさんに言われて、ガッと自分のやりたいようにやってよかったんだな、と思えたので一つ肩《かた》の荷が下りた瞬間でした。もちろんお客さんに「よかった」「楽しかったよ」と言ってもらえるのはすごく嬉《うれ》しいですが、原作の方に言っていただけるというのはより自信にも繋《つな》がるので。一つ一つの言葉が印象に残っています。

――御笠ノさんの印象はいかがでしたか？

多和田　御笠ノさん、実は初めてだったんですよ。稽古場《けいこば》にいらっしゃったのも一回くらいで。……顔合わせの時も、別の現場があって僕だけ少し遅《おく》れて行ったんですよ。なので第一弾《だん》では、残念ですがあまりお会いできなかったんです。

――では、中屋敷さんについては？

多和田　芥川の過去回想で、過去の太宰に早着替《はやきが》えするシーンがあって。（※2幕9場、192頁）大変だったんですけど、中屋敷さんは「多和ちゃんならできるよ〜」とか言ってて、ホント人ごとだと思って！　と思ってました（笑）。

――確かに着替えに使える時間、短かったですよね。2〜3分くらい？

多和田　1分もないです。舞台《ぶたい》をはけたと同時に、走りながら取れるものを取って、脱《ぬ》いで落としながら走っていって。着替えてその間にズボン穿《は》いて、座ってメイクさんに直してもらってる時に、前を向いたまま手元を見られない状態で、自分でもボタン掛《か》けて、ネクタイ締《し》めて、三人がかりくらいで。一回ボタンをかけ違《ちが》ったりするだけで、あ、もう間にあわないというレベルだったんで。あそこは毎回ハラハラしてました。

中屋敷さんの話だと、あとは、本番で植《うえ》ちゃん（中原中也役・植田圭輔《うえだけいすけ》さん）を、盛り上げすぎて声を嗄《か》らしたとか（笑）。最後のエンディングで、植ちゃんが階段から下りてくるところ、僕らが「ふぅ〜！」とか手を叩《たた》いたりしてたんですが、誰よりも中屋敷さんが「ギャー！　うぇちゃ——ん！」みたいに言ってて、次の日に声が出なくなる、という大事件がありまして。雰囲気《ふんいき》を面白《おもしろ》くしようとかではなく、ガチの顔で声出してました（笑）。でも中屋敷さんは、こんな風に反応をポンと出してくださる。あえて出さない演出家さんや、後で「ここ良かったよ、面白かった」と言ってくれる方もいて、それぞれいいところがあるんですが、中屋敷さんの特徴《とくちょう》はそこをガンガン出すところ。逆に出てないと「面白くないのかな？」と、ピリッとしてしまうんですが。演出家であり、誰よりもお客さんに近い目線でも反応をしてくださるというのが、僕らはありがたくて、「あ、これでいいんだ」と瞬間瞬間《しゅんかんしゅんかん》でダイレクトに確認《かくにん》できると士気が上がりますね。

好きなところありすぎるんですよね

——同じ本に中島敦役の鳥越さん、芥川龍之介役の橋本さんのインタビューも収録される予定です。お二方のおすすめのシーンや、台詞《せりふ》を教えて頂きたいです！

多和田　そうですね……ありすぎるんですよね。表情が豊かじゃないですか、鳥ちゃんって。それがある意味、敦くんの印象をいい意味で、ぶち壊《こわ》してくれたと思ったんですよ。敦くんって、ふわっとしててほっとけない感じなんですけど、どこか強い芯《しん》がある人じゃないですか。鳥ちゃんの敦くんには、その芯をすごく感じたんですよね。生身の人間が演じることで、後半につれてどんどん意志が固まっていくところの表情が、僕はすごく好きだなと思っています。芥川と戦うシーンとか、アクションが派手だから二人ともすごくかっこいいんですが、特に表情がすごくいいなという印象がありますね。具体的にどこって言われると難しいな～、好きなところありすぎるんですよね。

あとツッコミが上手《うま》い！　え、敦くんってこんなに突《つ》っ込むっけ？　って。昨日、舞台の第一弾《だん》と第二弾のパッケージを見たんです。それで「あれ？　こんなに（敦くん）面白い人だっけ？」と思って。でもそれが馴染《なじ》んでるというのが、鳥ちゃんの力だと思うんですよ。僕らが何やってもわかりやすく締めてくれる、笑いに変えるという力が、腕《うで》がある。ぽり……堀之内くん（宮沢賢治役・堀之内仁さん）とか（ぼけっぷりが）カオスだったじゃないですか。あれにもちゃんと「怖《こわ》い……」とか「メンタルが……」と、突っ込んでるじゃないですか。あれは舞台上だからこそ許されるじゃないですけど、繋がってるな、あこういう武装探偵《たんてい》社の中に鳥ちゃん演じる敦くんが入ってきたんだな、と思える瞬間でもあったので。そこのやりとりのツッコミは特に好きですね。

あとは安心感があったというか、太宰が『うりうり～』とかやりすぎても、（鳥越さんは）ちゃんと『パン！』って、突っ込んでくれるじゃないですか。アニメの敦くんは太宰に『パン！』ってやらないけど、それが許される空気感がやりやすかったです。みんなのことをちゃんと見て、ちゃんと突っ込んでついてくれた鳥ちゃんのおかげで、楽しくやりながら全体が締まった感じでした。

──橋本さんの芥川は？

多和田　とにかく僕は、祥平の芥川でよかったと心から思っています。太宰にとって敦と同じくらい欠かせない人物で、（敦と太宰の）二人のことを見てるじゃないですか。そういう役として「太宰さん、太宰さん」と慕《した》ってくる人間として、その圧がものすごかったんですよね。まなざしの強さとかすごくて。初共演だったんですけど、関係性が作りやすかったというか、別に二人で特になにかをこうしようと話し合ったわけではなく、本当に舞台上で起きていることだけというか。作品の空気感であそこまでできたというのは、やっぱり祥平の作り込んできた芥川だったからこそだと思いますし。なんか「好きだな～」と思うじゃないですか、言い方があってるかは分からないのですが（笑）。原作とか読んでて「芥川、太宰さんのこと好きだな」と僕はすごく思ったんです。太宰さんが誰《だれ》かと話してる時の、芥川の「うぎぎぎ…」みたいなのを見ると「怖い怖い『羅生門』で殺されるわ！」とか思うんですが（笑）。逆に僕には、それがすごく気持ちよかったというか。「太宰さん、なんでぇ!?」という感じが「ほらもっと来なさいよ～！」と愛を受ける側として、すごく気持ちよかったというか。芥川の、ああいう感じが一貫《いっかん》して、すべてにおいて良かったです。

祥平も「秀弥でよかった」と、終わった後に言ってくれて。芥川にとって、太宰ってすごく特別な存在じゃないですか。その想《おも》いをちゃんとぶつけられて、受け止められる人間でありたい、祥平にとって僕がそうでありたいと思っていたんで、そこが二人ともうまくかみ合ったんだな、と。ただただ幸せでしたね。

それと、気持ちよさそうに技《わざ》を出してるのも良かったですよね。あいつ自分でも言ってたんですけど、「技を出したい人生だった」って(笑)。子供の時真似《まね》するじゃないですか、なんかの技とか。そういうのを出したかったって(笑)。「自分がやったら、映像とドッグスメンバーが動いてくれるから超《ちょう》気持ちいい」って言ってて、それが本当に見事だったし。めちゃくちゃ楽しそうに動いているな、全身の指先から足先までちゃんと『羅生門』を意識して、身体《からだ》で表現しているんだなと、尊敬できるポイントでもありました。中心人物の彼がぶれないことによって、演出が上手いこと表現できたのかな、と。ぜひ一挙手一投足まで見てほしいですね。

……あと、あの前髪《まえがみ》が似合う人いるんだと思いました(笑)。最初のビジュアル見たとき「カッコイイ、顔きれいだな」と思ってたんですけど、あれはすごく祥平の顔が全面に生かされてましたよね。

「自信持ってください、素敵《すてき》です！」と言っちゃいました

――生の舞台ならではの、おすすめポイントを伺《うかが》えればと思います。

多和田　いっぱいあるよな～。衣裳もそうだし、セットもパネルを動かしたり、人がモノを動かすという古典的というか昔ながらの方法なんですけど、それをおしゃれにこなすというか。演出もそうですけど照明も含《ふく》めて、あれは正直、感動しましたね。横浜の劇場に入ってからの稽古《けいこ》は、『細雪』のシーンとか、自分が出ていない場面はなるべく見ていたんです。本番始まっちゃうと、正面から見られないので。それで見た後に拍手《はくしゅ》して、「自信持ってください、素敵です！」と言っちゃいました（笑）。

あと太宰がドラム缶《かん》に入っているところ（笑）。（※1幕5場、49頁）あれはすごく面白いなと思いました。もうみんなわかってると思いますけど、奇跡《きせき》的に背丈《せたけ》がほとんど同じのドッグスメンバーの鈴木凌平《すずきりようへい》くんが入ってくれて、僕の下半身を演じてくれました（笑）。本人も「多和ちゃんの下半身です」って。最初「自分でやるのかな。練習しなきゃ」と思ってたんですけど、なるほどね！　と。一人でやるのも「あいつやべぇな」ってなって、面白かったと思うんですけど（笑）。二人で見せるというのは、すごく演劇的だ

なと思いました。だってあれ裏で（下半身役の鈴木さんが）逆立ちしてるだけですもん。なんてシンプル。組体操みたいなもんですよ。まぁ、僕はあんな体勢のはずなのに楽に話せていいのか、逆にすいませんって思いました。スルっと声がでてくる、立って持ってるだけだから（笑）。もしかして、角度によって（組み体操的な体勢が）ちょい見えてるんじゃないか、というスリルがあったんですけど、でも「見えてたわ」という声はなかったんで大丈夫《だいじょうぶ》じゃないかな。あそこは大好きでした。

――では最後に、読者の皆様《みなさま》にメッセージをお願いします。

多和田　『舞台《ぶたい》　文豪ストレイドッグス』は、初演メンバーとしてやらせていただいた僕ら役者たちが、お世辞なしに最高だなと思える内容になってると思うんですよ。このカンパニーで、このスタッフさんたちみんなでできてよかったと、僕は誇《ほこ》りに思っています。衣裳も照明もそうだし、アンサンブルのメンバーをここまで駆使《くし》して、演劇の可能性を僕らは感じましたし、生身の人間が演じることの良さがすごく詰《つ》まっているな、と。それだけじゃなくて『文豪ストレイドッグス』のおしゃれ感や、かっこいいところも、奥底にある人間の生きる死ぬ、みたいな大事なポイントがちゃんと描《えが》かれている。まだ見てない方は「あの作品を舞台でどう表現してるんだろう」と思うかもしれないですけど、凝縮《ぎょうしゅく》されたあっという間の約2時間になっています。

だから見てくださった方もそうでない方も、この本を読んで、役者たちがどういうことを想像しながら、考えながら、稽古に臨んでいたのか、本番まで作っていったのかというのを、自由に妄想《もうそう》しつつ、映像とともに振《ふ》り返ってみて頂ければと思います。こういうお話をする機会ってなかなかないので、また違《ちが》った景色が……『舞台　文豪ストレイドッグス』の良さが見えてくるんじゃないかと。『舞台　文豪ストレイドッグス第一弾《だん》』を愛して頂くきっかけになる、大切な一冊になると僕も思うので、ぜひいろんな方に勧《すす》めて、さらに作品を愛して頂けたら、僕たち『文豪ストレイドッグス』チームとしても嬉《うれ》しいです。

——ありがとうございました。

舞台
文豪ストレイドッグス
Bungo Stray Dogs on Stage
SCENARIO AND INTERVIEW BOOK

キャストインタビュー　芥川龍之介

橋本祥平

橋本祥平【はしもと・しょうへい】

1993年12月31日生まれ、神奈川県出身。

ミュージカル『薄桜鬼』シリーズや、ハイパープロジェクション演劇『ハイキュー!!』シリーズ、舞台『刀剣乱舞』義伝 暁の独眼竜、など数々の人気作品に出演を続け、舞台を中心に活躍。その他の出演作に、『KING OF PRISM —OVER the Sunshine!—』、『あんさんぶるスターズ！エクストラ・ステージ ～Judge of Knights～』、『ミュージカル封神演義–目覚めの刻–』、『機動戦士ガンダム00 -破壊による再生-Re:Build』などがある。

読んだだけで、これは「勝てる」と思いました

――舞台はアニメが原作ですが、ご覧になった時の印象をうかがえればと思います。

橋本　まず最初の印象は、誰《だれ》もが知ってる有名な文豪たちの名前が出てきて、その代表作が異能という『技《わざ》』になってるっていうのと、色んな個性豊かなキャラクターが出てくるので女性は絶対好きだろうな、というのと……異能力バトルって男心くすぐるんですよね(笑)。

――パッケージ特典のメイキング映像で、稽古《けいこ》始まりの顔合わせの時だと思うんですが、おっしゃってましたよね、技を出したいって。

橋本　そうなんですよ！　僕としては技を出すってものすごく熱くなれるポイントがあって、男性も女性もこれは好きになる作品だなっていうのを思いましたね。ストーリー性もすごく面白《おもしろ》いですし、見れば見るほどハマっていく作品だと思いました。

――そんな原作の印象があった上で、舞台の脚本《きゃくほん》を読まれていかがでしたか？

橋本　脚本の御笠ノさん、久しぶりだったんですよ。本当に（俳優を）始めたての時に、ご一緒《いっしょ》したことがあって。その時は御笠ノさんは演出をされていたんですけど、その仕事

で僕は救っていただいたことがあって。だから、個人的にすごく恩のある思い入れの強い方が書かれた脚本というので、めちゃめちゃ嬉しくて。やっぱりあとは御笠ノさんの書く脚本に絶対的な信頼《しんらい》があって、実際読んでいくとアニメに忠実にストーリーが展開していく部分と、演劇的な表現ならではの書き方をされてて、めちゃめちゃ素敵《すてき》だな、と。読んだだけで、これは「勝てる」と思いました。

——そういう気持ちで現場に入られて、共演者の方と顔をあわせたり、中屋敷さんの演出でお稽古が始まったりしていかれたんですね。

橋本　今までは一方的に僕が（中屋敷さんの）作品を見ていたんですけど、初めて中屋敷さんの下《もと》で稽古したら、噂通《うわさどお》りすごい変わった方で（笑）。ただやっぱり天才ってこんな感じだよなと、納得《なっとく》しちゃう方でして。演劇が大好きなのが伝わってきて、この方とやれるのはすごい財産になるな、と思いながら稽古していました。キャストも、鳥越くんを筆頭に「今の最前線にいる!!」と、感じる方が多いです。いわゆる原作のある2・5次元と言われる作品ということだけでなくて本当に芝居《しばい》が大好きで、演劇をしたい、という人たちが集まった座組だと思ったので、その中での稽古が刺激《しげき》的で。「全然まだまだ足りないな」って、毎日思うばかりでした。

——〝演劇的な〟という表現を何度か出して頂いていますが、どんなところを特にそう感

じていらっしゃいますか。

橋本　本当にわかりやすく異能力の表現方法とか……特に僕の芥川なんて、『羅生門』をどうやって出すんだって話ですけど。演劇という人の力で魅《み》せて、それがプロジェクションマッピングとかの今の技術と組み合わさって、ものすごいものが生まれた瞬間《しゅんかん》でしたね。

――先に鳥越裕貴さん（中島敦役）のインタビュー収録があったんですが、その時に「僕は身体《からだ》はってるのに、芥川はドッグスチーム（アンサンブル）に助けてもらってる」という話が出ました（笑）。

橋本　（笑）。そうなんですよね。一応「行け！」という手の振《ふ》りくらいはやってるんですけど、『羅生門』（ドッグスチーム）に行かせてしまって。まぁ、第一弾の舞台《ぶたい》はそうでしたけど、第三弾『三社鼎立《ていりつ》』で出てくるはずの技は、自分自身でいくしかないはずなので……その時は思いっきりいきたいと思います。

――異能力の表現のところをもう少しうかがいたいのですが、稽古《けいこ》の時に一番初めに振りを見せてもらってそれを覚える、という感じなのでしょうか。

橋本　そうですね。振付《ふりつけ》の拓朗さん（スズキ拓朗さん）と振付助手の方たちと一緒にやりながら探《さぐ》っていって、という形ですね。実際に舞台上での技は、ドッグスチームの皆《みな》さんが動いてくれたんですけど、表現そのものは一緒には作っていきました。

――稽古場でだんだん進化していったんですね。見に来たお客様も、あの異能の表現には圧倒《あっとう》されたんじゃないでしょうか。敦と異能バトルを繰《く》り広げる芥川を演じられたわけですが、キャラクターの最初の印象はいかがでしたか。

橋本　芥川、最初見た時はラスボス感がすごいなと思ってて。でも単行本を読むにつれて彼の過去がわかったり、ラスボス感強いと思ったら敦と共闘《きょうとう》したり。自分の中で、印象がどんどん塗《ぬ》り替《か》えられていったキャラクターです。

一番に太宰さんという人がいて、その人に認めてもらいたくて戦っていたら、中島敦っていう強くもないやつが現れて。太宰さんが敦をかわいがってる姿をみたら、そりゃ「殺してぇっ」てなりますよ！　自分だったら慕《した》ってる先輩《せんぱい》が「なんだこいつ？」と思うような後輩《こうはい》をかわいがってたら、その後輩を絶対「こいつぼこぼこにしてやる」と思うので、そういう部分は共鳴できるなと（笑）。ポートマフィアは今回は探偵社《たんてい》の「敵」として「悪」の要素が強いですが、その中にも芥川のかわいらしさが垣間見《かいまみ》えて、魅力《みりょく》的だなと思いましたね。

今はいわゆる2・5次元ものと言われるジャンルもありますが、2・5次元もストレートプレイと言われるものも、同じお芝居だとは思ってまして。ただこういう原作ものはビジュアルとか身長体重、こういう感じのキャラクターとヒントが多く描《えが》かれているだけで、台本読んでキャラクターを知ってバックボーンを組み立てていくという基本の部分では、そんなに普通《ふつう》のお芝居と原作もののお芝居は変わらないのかなと思ってます。たくさんヒントがある中で、台本読んでさらにこの役を深掘《ふかぼ》りしていこうという部分を大切にしています。

演出が全部つながった時に鳥肌《とりはだ》が立つというかやっぱすごいな、と

——原作の朝霧さんと脚本の御笠ノさん、演出の中屋敷さんとのエピソードがあれば、お

うかがいしたいのですが。

橋本　そうですね……中屋敷さんは、ピンク色の某《ぼう》キャラクターのぬいぐるみをずっと持ってると、噂には聞いていて……。またまた嘘《うそ》だろと稽古《けいこ》に行ったら、本当に片手で握《にぎ》れるくらいの大きさのぬいぐるみをずっと持ってるんですよ（笑）。

――稽古の時に、ぬいぐるみをずっと握っているんですか？（笑）

橋本　天才なので、僕らには理解できないというか……（笑）。

――鳥越さんのインタビューでも中屋敷さんに対して、『天才』と『理解が追いつかない』というワードがでてきていました（笑）。その『天才』『理解が追いつかない』というのは稽古の時に、演出の方法のようなところでも表れていたんですか？

橋本　基本は僕らから提示するものも受け入れてくれますし、役者の気持ちもわかって演出してくれたり。結果として、つけてくれた演出が全部つながった時に鳥肌が立つというかやっぱすごいな、と感じられましたね。

――稽古が早いスピードで進んで、何度も通して稽古するとうかがったのですが。早いタイミングで最後まで通して全体的につなげていってというのを、繰り返された感じなんでしょうか。

橋本　そうですね。

――お話を伺《うかが》うと、場面ごとにその役者さんと演出との一体感をご覧になって、繰り返しながらよりよいものにしていくライブな印象を受けます。

橋本　ありがたいですけどね、役者としても、いっぱい通し稽古ができるというのは。それから御笠ノさんは、先ほども言ったんですけど僕にとって恩師で。今回5、6年ぶりくらいにお会いしたんですけど、舞台の初日にお話しした時、僕的には「全部出し切りました」って感じだったんです。けど褒《ほ》めてくれないんですよ、御笠ノさん。「まぁまぁだったな」みたいな感じで。でもそれが嬉《うれ》しくもあり、もっとがんばろうと思えた瞬間でしたね。これからも御笠ノさんにはお世話になって、認めてもらえるようにがんばりたいと思います。

――芥川が太宰に、認めてもらいたいみたいな感じなんですね。演出、脚本《きゃくほん》と伺ったのですが原作の朝霧さんとは？

橋本　顔合わせなどで、ご挨拶《あいさつ》させて頂いたことがあります。この作品に限らずなんですが、意外と原作の先生からご要望とか言われたことなくて……何ででしょう？

――信頼されているんじゃないでしょうか。特に朝霧さんは、舞台パンフレットでも『「演劇」という表現方法を尊敬している』とコメントされてますし。

橋本　それは嬉しいですね。劇場にも何回か足を運んで頂いて、愛を感じました。第二弾《だん》の『黒の時代』を観《み》に行った時に、隣《となり》が（朝霧）先生だったんですよ。

――ＫＡＤＯＫＡＷＡさんから聞きましたが、朝霧さんは何回も舞台にいらっしゃったそうです。行けるのは全部行きたい、と。

橋本　そういうトップの方の作品の愛がすごいから、今ちゃんと強い作品でいられるのかなと思います。

――舞台の関係者の皆さん、作品に対する愛と熱量がすごい気がします。

そのシーンで初めて、役者としての皮を破れたという感じがして

――ご自身が演じられた芥川のお気に入りの場面や台詞《せりふ》について、うかがいたいのですが。好きな動作とかでも大丈夫《だいじょうぶ》です。

橋本　好きな動作……（笑）。動きは『彼岸桜！』ってやってこうやる（その時のポーズを手振《てぶ》り）のをずっと稽古場でやってて。これをやりたいがために、最後のエンディングのダンスでも決めポーズやる（『彼岸桜』のポーズの手振り）くらい。

あと一番好きなシーンは敦に殴《なぐ》られて、そこから過去回想に飛んで、また現在に戻《もど》った時に感情のスイッチがパチン、って切り替わって敦に「うわあああ！」と行くところですかね。（※2幕9場、196頁）橋本祥平としても芥川としても、気持ちいいというか。自分自身そのシーンで初めて、役者としての皮を破れたという感じがして。それは鳥越くんが、そういう流れにしてくれたというか。

——二人で芝居《しばい》を作っていって、その手ごたえがあった感じでしょうか。

橋本　そうですね。本当に目玉飛び出るんじゃないかってくらいにらみつけたりしてて、あそこは結構やってて楽しかったですね。

——同じ本に中島敦役の鳥越さんと、太宰治役の多和田さんのインタビューも収録されるのですが、お二人のシーンで橋本さんのお気に入りを教えて頂きたいです！

橋本　鳥越くんはどこだろうな～。あの、鳥越くんって結構コメディアンなんですよ。でも、この作品って（コメディシーンが）なかなか絞《しぼ》られてるというか。そんな中で、鏡花とデートしてダンスを踊《おど》って、終わったあとに「はっ、はっ」て敦が疲《つか》れた動きをするシーンがあるんですが。（※2幕6場、153頁）日に日にその「はっ、はっ」の動きが長くなって「あーこれ狙《ねら》ってるな。（お客さんのリアクション）欲しがるな先輩」「先輩かわいいな」と思ったり（笑）。その次のシーンで自分が舞台《ぶたい》に出るので、袖《そで》で聞いてて「あ、だんだん長くなっているな」ってわかるんですよ。でも、そこでちゃんとお客さんの笑いを取っていて、流石《さすが》だなと。

任益の一番好きなシーンはですね……太宰って結構おちゃらけたり、まじめにやったりの切り替えがすごくある役なんですけど。国木田が万年筆折って、それを見て「あ〜また折れた〜うりうり〜」というところ。「まんま太宰だ！」と。すごい面白《おもしろ》くて、そこかな（笑）。

——多和田さんの太宰は、手足の動きと全体の雰囲気《ふんいき》がアニメとリンクしていて、絶対3次元ではできないレベルに、すごくくねくねしてますよね（笑）。

橋本　すごく、くねくね見えるんですよね！

——最初は国木田と太宰の万年筆のシーン、脚本になかったらしいですね。輝馬さん（国木田独歩役）と多和田さんから二人の掛《か》け合いが少ないから、探偵社らしさを出したいというご提案があった、と。

橋本　そうなんです、なかったんです。

——観に来たお客様は、知ってるキャラクターがそのまま出てきた！　と思ったんじゃないでしょうか。パッケージで見返したいです（笑）。

ポートマフィアで会議をすることは決定で（笑）

——数ある舞台の中でもこの作品は、特に演劇的な演出が多かったと思います。生身の役者さんが演じられる舞台ならではのおすすめポイントは、どんなところでしょうか。

橋本　今回すごく演劇的に作っていまして、それを支えているのはドッグスチームといわれてるアンサンブルさんたちで。異能バトルや、いろんなところで皆《みな》さんが動いて表現して下さっているんです。普通だったらありえないそれが、途中《とちゅう》から気にならなくなるくらい、世界観に溶《と》け込んでいる動きをしてくださっている。これは演劇ならではの表現方法だと思うので、ぜひ注目してほしいですね。敦と鏡花ちゃんのシーンの、クレーンゲームの表現すごいですよね。

もうクレーンゲームでしかない！

――確かにちょっと特殊《とくしゅ》な表現手段かもしれないですけど、全く不自然でなくて、気持ちいいし楽しいし、もっと見たい！ってなりますね。やっぱり公演が始まると、稽古《けいこ》とは雰囲気が違《ちが》ってきますか？

橋本　そうですね。変わりますね。役者って見られることによって、今まで以上の力がでるのかなと思ってて。この作品も、初日めちゃめちゃよかった感じがあったんですよ。カーテンコールのお客さんの表情を見て、拍手《はくしゅ》に厚みを感じた時に思ったんですけど。お客さんが入ることによって、100％の力が120％にもなったりしますし。だからだいぶ変わりましたし、お客さんに助けていただきましたね。

――公演中や稽古場で、印象に残っているエピソードがあれば、ぜひ伺いたいのですが。

橋本　劇場入って鳥越さん、すごい毎日お疲れなんですよ、全力出し切っているから。僕のお仕事は、そんな鳥越さんを休憩《きゅうけい》時間、少しでも笑顔《えがお》にすることだと思いまして……ふざけてました。言ってませんでした？　鳥越くん、このことについて。

――言ってました（笑）。稽古場の隅《すみ》でずっと二人でふざけてるんだけど、最後の方は誰《だれ》も見てくれなくて、舞台監督《ぶたいかんとく》さんだけが見て笑ってくれていた。後半はその人のためだけにやっていた、みたいな（笑）。

橋本　ほとんど視聴率《しちょうりつ》ゼロだったんですけど（笑）。でも逆に僕的には、それが楽しくてしょうがない。二人っきりの空間だ、と。たまんないですよね（笑）。

――KADOKAWAさんによると、東京公演の最後の方、橋本さんは楽屋でメイク道具のところに口紅型のチョコを置いて、バリバリバクバク！　と食べていたという情報が（笑）。

橋本　びっくりするくらい、すごい覚えてないですね……！（笑）　そんなことやってたんですね。

――ほかにも、敦のウィッグをかぶって多和田さんのところまで行ってパタッと倒《たお》れたり、マネキンの首とかもって「初日の出！」って叫《さけ》んだりという、情報も（笑）。

橋本（笑）。あ、それはやってましたね。でもそんなことできるのも、この現場くらいなんで、ありがたいです。

――キャストさんはすごく、仲良しでいらしたんですね。鳥越さんからは、探偵《たんてい》社の皆さんで食事に行かれたと聞いたのですが、ポートマフィア側の雰囲気はどうでしたか？

橋本　ポートマフィア側はお兄さんお姉さんが多くてですね……共に活動はしてなかったですね、マフィアっぽく。らしいですよね非常に。じゃあ第三弾《だん》は、ポートマフィアで会議をすることは決定で（笑）。

——芥川は招集かけなそうですよね。でもボスがいますから、森鴎外《もりおうがい》が一声かけてくれたら集まらざるを得ない（笑）。

橋本　そうだそうだ。じゃあボスにかけてもらいましょう！（笑）

——最後に読者の皆様《みなさま》に、メッセージをお願いします。

橋本　２０１７年の作品ですけど、話しながら僕自身もあの頃《ころ》のことを思い出して「素敵《すてき》な作品だったな」と感じました。皆様もこの本を読んで、舞台のパッケージお持ちでしたら見ていただけると嬉《うれ》しいですし、アニメや漫画《まんが》も見て読んで、もっと『文豪《ぶんごう》ストレイドッグス』を、今以上に好きになってくれたらすごく嬉しいです。僕ももっと愛して、これから始まる第三弾『三社鼎立』も素敵な作品にしたいと思います。なにとぞ舞台の方も、原作の方もご声援《せいえん》よろしくお願いいたします。

——ありがとうございました。

スタッフインタビュー　衣裳

前岡直子

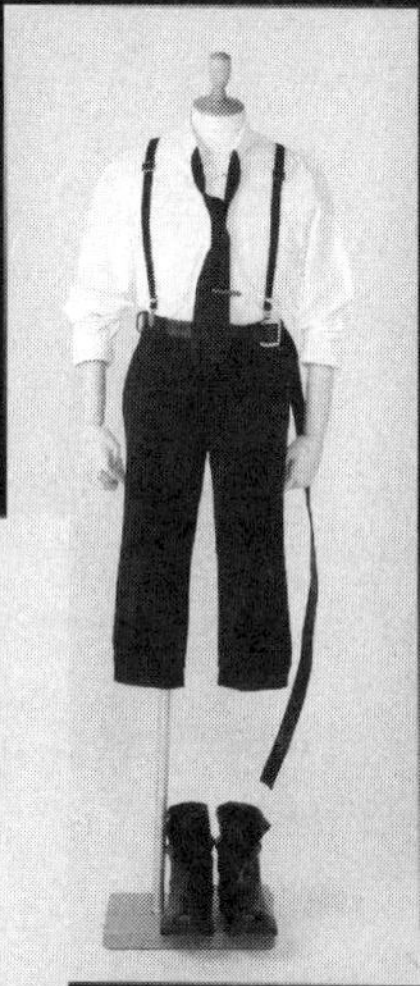

前岡直子【まえおか・なおこ】

神奈川県藤沢市出身。舞台衣裳プランナー。

『カルメル会修道女の対話』、『ランスへの旅』、『カプレーティ家とモンテッキ家』、『欲望という名の電車』、『ピーター・グライムズ』(三菱UFJ信託音楽賞受賞)、『夕鶴』(外務省ロシアにおける日本年公演)といったオペラ作品から、『青空の休暇』、『死神』、『YOSHIKO』(オールスタッフ制作)などのミュージカル作品、『女海賊ビアンカ』(美内すずえ原作)、舞台『パタリロ!』(魔夜峰央原作)などの舞台作品まで、幅広く手掛けている。

「お任せします」という言葉が、何より嬉しいです

――最初に、舞台《ぶたい》における衣裳《いしよう》さんの役割や仕事内容を教えて頂けますでしょうか。

前岡《まえおか》　私は基本的には、衣裳のプランナー（登場人物の衣裳デザインや衣裳全体の組み合わせを考え、総合的に衣裳を監督《かんとく》する）なんです。出発点はオペラの衣裳プランナーで、普段《ふだん》は自分私がついていた師匠《ししよう》も主にオペラ関係の舞台衣裳をデザインしておりました。で戯曲《ぎきよく》や台本を読み込んで演出家さんと打ち合わせをして、衣裳のデザインを描《か》いていく、という仕事をしています。そこから今回の舞台でもお世話になっている東京衣裳・森田《もりた》さん（森田恵美子《えみこ》さん）などの業者さんに発注して、業者さんから衣裳製作の方々にお願いするという流れで衣裳製作が始まります。

『文豪ストレイドッグス』のお仕事は、（舞台製作会社の）ゴーチ・ブラザーズさんから、以前ご一緒《いつしよ》させて頂いたご縁《えん》で、「この作品を知ってますか？」と連絡《れんらく》を頂いて。たまたま私が、タイミングよくネットニュースで作品名を見ていて、太宰とか、フョードル・Dが出てた時かな？　何これ面白《おもしろ》いなと思っていたんです。それでぜひご一緒させてください、という経緯《いきさつ》で担当させて頂きました。

アニメや漫画を見て、「実際の人間が着る時には、デザイン的にはこっちの方が動きやすいかも」とか「もしかしたらここに切り替《か》え線が入っていた方が、実際にキャストさんが着た時に格好良く見えるんじゃないか」ということをひたすら考えて、アニメの画《え》を元にデザインしています。監修《かんしゅう》は最初のデザイン画の状態でチェックをお願いしています。

――作業の最初の段階で、監修が入るのですね。

前岡　ありがたいなと思うのは、春河《はるかわ》35先生やKADOKAWAさんは、こちらに任せてくださるんです。アニメや漫画とは違《ちが》って立体の衣裳になった時に、どういう風にすればどう見えるかというのは今まで培《つちか》ってきた経験値なのですが、それを信頼《しんらい》して頂いているのかな、と感じています。そこに尽《つ》きますよね。「お任せします」という言葉が、何より嬉しいです。

――第一弾の衣裳のポイントを伺《うかが》えればと思います。たとえば太宰治（多和田秀弥さん）はコートが特徴《とくちょう》的ですよね。

前岡　太宰のコートは、ひらめく感じとか垂れ感とか、アニメ画から起こした時にどうやって綺麗《きれい》に見せるのかを繰《く》り返し考えるんですよね。リアルに見せるには一体どうすれば良いのか、切り替え線を入れたほうが広がりが綺麗に見えるのか、とか。

コートって、デザインにもよるのですがスリットが入っているんですよ。この作品ではコートなど裾《すそ》の長い服にはスリットが入っていないのですが、風にはためかせたいと伺っていたので「スリットがあると出来るけど、どうしようかな」と思った時に、じゃあ分量感を出す為《ため》に「ボックスプリーツ」を入れようと。そうすると見た目はスリットが入っていないんですけれども、生地に重みがあるので、動くと中のボックスプリーツがパッと広がるんです。あとはアニメを見ながら、どこに（ボックスプリーツを）入れていけば、動いた時に良い感じに見えるのかを考えながら作業しています。アニメ画のスタイリッシュさと、そこから伝わってくる「動きが欲しい」という思いをこちらで受け止めて、いかに形にするかいつも考えています。

コートといえば、芥川龍之介（橋本祥平さん）のコートにはいろんな経緯がありますよね。太宰のをもらったり。

――ポートマフィア時代の太宰が幹部になる時に、もともと着ていたコートを芥川にあげて、自分は森鷗外からもらったコートを着るようになったという設定があります。なので襟《えり》の大きさとか形が時期によって違ってくるというお話がありました。

第一弾《だん》の過去回想のシーンの太宰の黒コートと、芥川のコートの襟の形が同じで、舞台《ぶたい》第二弾『黒の時代』の太宰のコートは、もう昔のコートを芥川にあげているから、襟の形が違うとか……どの時代に誰《だれ》のコートを着ているのか問題ですね（笑）。

前岡　森鷗外があげた設定という事で、彼のコートと『黒の時代』の太宰のコートは同じ生地を使っていたり。原作の背景を取り入れながら建設的にやらせて頂いています。

――舞台を拝見していると、身体《からだ》の線が出たり、綺麗にラインが広がったり、衣裳のシルエットのバランスがすごく素敵《すてき》だな、と感じました。原作のキャラクターの雰囲気《ふんいき》にもぴったりです。

前岡　絵面《えづら》からもメリハリをつけてスタイリッシュにしたいんだろうなと伝わってきたので、身体のラインが出るようタイトに仕上げています。あとは私のホームがオペラ（のデザイン）なので、「標準よりも体格の良い歌手の方も、どうすれば綺麗に見えるのか。身体にフィットしながらも動きやすくするためには、どうしたらいいのか」をずっと研究してきたことが、生かされているのかもしれません。

あとはキャストの方々のスタイルがいいんですよね！　皆《みな》さん着こなして下さるから。キャラクターになりきって演じてくださるのですが、衣裳のことも色々ご自身で考えてくださるので、こちらとしてはありがたいです。綺麗に見える見せ方を、自分たちでも研究して下さる。たぶん多和田さんとかも、（コートを）あえてひらひらさせているんじゃないでしょうか？

――多和田さんも、「ひらめかせなきゃいけないと思って、自分でも動きを出すために研

究しました」とおっしゃっていました。
前岡　多和田さんがご自身で、うまい具合に（コートに）風を送ってるなというのは感じていました。本当にどのキャストさんも、色々工夫してくださっています。

素材には本当にこだわっています

――衣裳の製作過程に戻《もど》りますが、デザイン監修のOKが出たら、キャストさんの仮《かり》縫《ぬ》いへ進んでいくのでしょうか。
前岡　キャストさんのサイズを基《もと》に、生地《きじ》屋さんにデザイン画とアニメ資料画を持参し、森田さんとひたすら相談しています。彼女もエキスパートで、舞台上でどの生地がどう見えるかを把握《はあく》しているので、衣裳のイメージにあうものを探していく感じです。この作品が持っている独特の質感、世界観ではこういう生地質なんだろうな、と考えながら集めています。

そうやって選んだ生地を、衣裳製作の方々にお渡《わた》ししますが、いつも皆さんには頭が下がる思いです。打ち合わせをするのですが、今までのノウハウをすべて出してくださっています。蹴回《けまわ》し、裾周りの部分なんですけど、どのくらいの分量感でいけば綺麗に見えるかとか、ボックス（プリーツ）はどの程度の大きさなら綺麗に見えるとか、把握していらっしゃるので、生地選びも縫製《ほうせい》もプロ同士が結集してバランスよくいっているのかなと思います。

――第一弾の衣裳で、特に楽しかったものはありますか？

前岡　女子のキャラクターで言えば泉鏡花ちゃん（桑江《くわえ》咲菜《さきな》さん）ですかね、一番朱《あか》が鮮《あざ》やかで。無地のちりめん生地を使ったんですけれど、着物を担当頂いている東京衣裳の溝《みぞ》口《ぐち》さん（溝口貴之《たかゆき》さん）が柄《がら》を描《か》いて下さって。着物の裏も、あえて光があたるとちょっと色が変わったりする素材を使っていて、舞台《ぶたい》で見るとすごく綺麗なんですよ。

――帯の結びも、すごく可愛《かわい》いなと思いました。

前岡　あれは溝口さんが、こだわって下さって。後ろを向いた時の、この帯の形いいですよねって。

――KADOKAWAさんからは「アニメのキャラクターデザインは動かすことが前提なので、どうしても細部を省略していくものになる。それをそのまま舞台でやると、淋《さび》しくなってしまうので、衣裳《いしょう》さんには省略しているものを足す作業をお願いしている」という言葉がありました。

前岡　この作品は監修サイドがそう言って下さって、とてもやりやすかったです。やはり形や見た目をアニメに忠実に再現しようとすると、リアルな人間が着るには難しい所もあって。キャラクターの雰囲気を生かしつつ衣裳を作る時に、こちらの経験則で「これがいいと思います」と提示すると、それをきちんと受け入れて下さるのでありがたかったです。

――どの衣裳も再現性が高いと思います！　特に国木田独歩（輝馬さん）のベストとか印象的でした。

前岡　国木田のベストは、アニメだとどうしても省略されちゃうんですが、入れるべきところに切り替え線を入れないと、シルエットがぬぼっとしちゃって腰《こし》のラインが出ないんです。あと背中も、綺麗にすっきり見えるように工夫しています。

――宮沢賢治（堀之内仁さん）のオーバーオールも、デニムの色が可愛いですよね。

前岡　アニメと少し色が変わっちゃったんですけど、普通《ふつう》（の生活の中）にありそうな素材を使っています。シャツは麻素材《あさそざい》ですね。中島敦（鳥越裕貴さん）の孤児院《こじいん》の時のグレーの衣裳も、麻素材なんです。麻って皺《しわ》が出やすいんですけど天然素材なので、照明が当たるとすごく綺麗なんですよ。皺になってもその皺が綺麗に見えるので、良いんですよね。素材には本当にこだわっています。

——江戸川乱歩（長江崚行さん）の衣裳の茶色を表現するのも試行錯誤《さくご》があったと伺いました。アニメでは無地ですが、舞台だと見え方が違《ちが》うからとのことですが、いかがでしょうか。

前岡　茶色って結構難しくて。生地を探している時に、つるっとした（質感の）茶色は、明かり照明が当たると陰影《いんえい》がなかったり、若さがなかったり……。あと無地が難しくて、明かりに当たった時に、見栄《みば》えがするような生地の厚みとか地柄があった方が良いんです。実際に乱歩の生地もツイード（目の粗《あら》い毛織物）素材を使用しています。その方が良いと思ってあえてこれで作らせて頂きました。

——黒い衣裳を着るキャラクターが多い中で、それぞれの質感を変えていらっしゃったりするのでしょうか。

前岡　アニメを拝見して、それぞれのキャラクターのポジションや動きをなんとなく把握したのですが、中島敦は光沢《こうたく》のある可愛い感じの生地を選んでいます。ただし一番激しいアクションをしているので、柔《やわ》らかいストレッチ入りの素材にして、なるべく着用される鳥越さんに負担の掛《か》からないようにと考えています。フィッティングの際に、どのくらいの分量感がいいのかを確認《かくにん》しながら最終的にKADOKAWAさんに見て頂きます。

——芥川のコートの中のシャツも、質感を表現するのは大変だったのではと思います。

前岡　（デザイン的には）漫画《まんが》とアニメ画と照らし合わせながら作業しているのですが、「ブラウス地で綺《き》麗《れい》なものを選んだ方がいいね」と、光沢があって綺麗にラインが出るようなものを選んでいます。最初のフィッティングで橋本さんに着て頂いたのを見て、「何か違うね」ってやり直しをして、綺麗なラインが出たのでOKを頂けたんですよね。

——芥川はギルド編までコートの前を開きませんが、舞台では開けていてシャツが見えているのも素敵だなと思います。あと彼は、コートの襟が特徴《とくちよう》的ですよね。

前岡　あれは襟に割と硬《かた》い芯《しん》を入れているんですが、あまり立ちすぎると恰好《かつこう》悪いので……仕《し》掛《か》けが見えないようにうまい具合にやってるんですよね。あとは橋本さんの着こなしだと思います。整ったお顔立ちでいらっしゃるので、違和感《いわかん》なくフリルのブラウスが似合うんだと思います。普通はそこまで似合わないので、凄《すご》いですよね。

——舞台を支える衣裳の仕事のお話、とても楽しくお伺いしました。パッケージで舞台を見る時に、今までと違ったポイントで楽しめると思います。ありがとうございました！

舞台

文豪ストレイドッグス

Bungo Stray Dogs on Stage

SCENARIO AND INTERVIEW BOOK

スタッフインタビュー　ヘアメイク

古橋香奈子

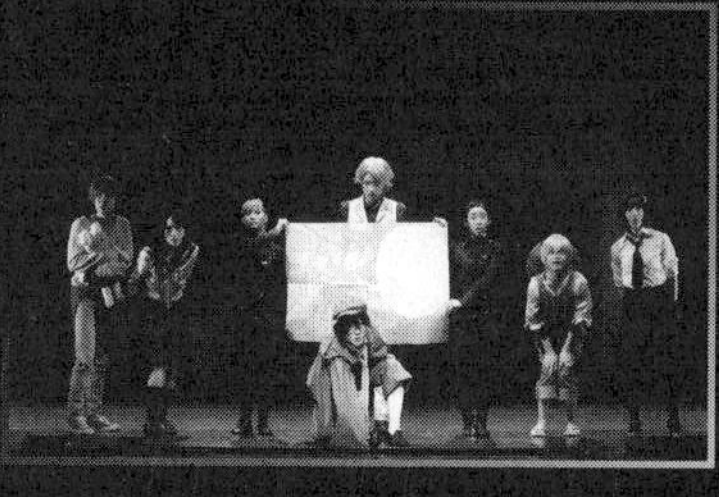

古橋香奈子【ふるはし・かなこ】

ヘアメイクアーティスト。2014年に株式会社LaRMEを設立。音楽アーティスト、俳優、声優、TV・CMといった広告、ファッション雑誌、2.5次元舞台など、幅広く手掛けている。主な2.5次元舞台作品に舞台『文豪ストレイドッグス』、『刀剣乱舞』、『極上文學』シリーズ、『エン＊ゲキ』シリーズなどがある。

3次元の空間にいても、あまり違和感《いわかん》が出ないように気をつけました

——舞台《ぶたい》のお仕事は、どんなきっかけで始められたのでしょうか。

古橋《ふるはし》　私の場合は、もともとバンドのヘアメイクの仕事をしていました。10年くらい前、まだ2・5次元という言葉がなかった時期に、舞台のお仕事を頂いたのがきっかけです。最初はどうやっていいかわからなかったんですが、たとえばバンドだと2時間くらいのライブで頭をふったりして動いて、衣装が絞《しぼ》れるくらい汗《あせ》もかきます。必要なのは「動いても汗をかいても崩《くず》れにくいヘアメイク」と考えると、バンドも舞台も求められていることは一緒《いっしょ》だよね、と思いました。普段《ふだん》、ウエディング系とかの仕事をしていたら、改めて勉強しないと厳しかったんですが。

——なるほど。

古橋　舞台のお仕事を始めた頃《ころ》は、ウィッグだったらどの整髪《せいはつ》料がいいんだろうかとか、独学で試行錯誤《さくご》しました。今は山田かつらさんなどから教えて頂いた技術で、ウィッグに植毛したりして、髪型《かみがた》の再現性を上げています。ただ、技術は上がりましたけど、個人的には地毛も好きなので、ウィッグだけでなく生かせるところは地毛も生かしたいなと思っ

ています。

――そんな中で『文豪ストレイドッグス』の現場は、どんな感じで進んでいったのでしょうか。

古橋　KADOKAWAさんから「自然体でナチュラルな感じにしたい。あまりアニメっぽくなりすぎないように作りたい」と伺《うかが》っていました。なので3次元の空間にいても、あまり違和感が出ないように気をつけました。

髪色《かみいろ》選びをする時は、監修《かんしゅう》側に基準を確認してから進めます。敦（中島敦役・鳥越裕貴さん）もアニメを見ていると髪の色がベージュに見えるんですが、春河35先生のイラストだとシルバーっぽくなっていたりするんですよね。これは『文豪』に限らないんですが、イラストによってヘアスタイルが違《ちが》ったりする場合もあるので、どの原作ビジュアルを一番参考にするのか決まってから作業をします。

――衣裳《いしょう》とウィッグは、どの段階であわせて確認なさるんですか？

古橋　いろいろなパターンがありますが、第一弾《だん》はウィッグあわせがあって、主要メンバーはウィッグを被《かぶ》って衣裳あわせをしました。衣裳とウィッグがそろったのはそこですね。

――ウィッグは全《すべ》て、キャラクターごとに作られていると伺いました。再現性が高くて、感動します！

古橋　今回はナオミちゃん（谷崎ナオミ役・齋藤明里《さいとうあかり》さん）以外は、全てウィッグでした。ナオミちゃんは前髪《まえがみ》だけウィッグで、ほかは地毛です。齋藤さんの地毛がすごく綺麗《きれい》だったので、そのままで充分《じゅうぶん》かわいいよ、と思ったんです。こんな風に地毛の方が自然にできるものは、地毛でやることもあります。

ウィッグがそろってから色味の調整をすることもあります。谷崎（谷崎潤一郎役・桑野晃輔さん）は髪色のオレンジが全員並べてみたら強すぎたので、もっと茶色の方向に寄せようということになりました。作る前は毛束のサンプルから選んでいるんですが、実際にウィッグになると色の印象が強すぎることがあるんです。調整後は、茶髪《ちゃぱつ》をベースにオレンジを混ぜました。

——最終的にキャストさんが被られて確認《かくにん》なさるんですね。

古橋　最後はそうです。何センチ、何ミリ単位の調整なので、被って頂いた状態でカットします。ビジュアル撮影《さつえい》の時もそうですが、舞台本番になったら舞台用にカットすることもあります。

——ビジュアル撮影と舞台本番では、変えていらっしゃるんですね。

古橋　写真と舞台上では、照明とかも全く違うので見え方が全然変わってしまうんです。

——KADOKAWAさんから、最初の頃の敦のウィッグは照明が当たると前髪の影で目元が見えなくて、どんどん梳《す》いたと伺いました。あと、客席から見た中原中也がおかっぱの様に見える気がして、たくさん調整なさったとか。

古橋　そういうことは、実際に舞台で動いてみないとわからないですよね。敦は梳いても梳いても目が隠《かく》れてしまったんです。場当たり（衣裳や照明を含《ふく》め、本番と同じような状況《じょうきょう》でする稽古《けいこ》）の時に、KADOKAWAさんが客席のいろいろな所から見て下さって、相談しながら細かく調整しました。中也（中原中也役・植田圭輔さん）も、近いとそうではないのに、遠目だとかわいいおかっぱに見えてしまう感じがしたんです。KADOKAWAさんの「お客さまにかわいいじゃなくて、かっこいいといっていただきたい！」というこだわりで、がんばって調整しました。

こだわりとは別の部分で、変えることもあります。どんな作品でもそうなんですが、設定では前髪が目にかかっているキャラでも、視界が広くないと殺陣《たて》など危ないので、カットすることがあるんです。カラーコンタクトをしたキャストさんは、普段とものの見え方が違うので、周りが見えづらくなってしまうんですよ。そういう意味でも気になることがあったら、キャストさんに自己申告してもらったりもします。安全の確保も、とても大事なので。

もっといいやり方が見つかるかもしれない
そういう時は、どんどん変えていきます

――ウィッグは自然な印象を心がけたとのことですが、メイクはどんなイメージだったのでしょうか。

古橋　メイクは濃《こ》いめです。ビジュアル撮影よりも、舞台の方が濃く仕上げていますね。照明効果で見えづらくなるので、口紅など目立つパーツは一段濃く見えるようにしています。

先ほど、KADOKAWAさんから「自然体でナチュラルな感じに」とオーダーされたとお話をしましたが、それは一般《いっぱん》的な〝ナチュラルメイク〟という意味ではなくて、「そこに『キャラ』ではなく『人』がいるようにして下さい」ということだったんです。なのでナチュラル＝薄《うす》いではなくて、3次元に存在する『人』として見えるようにがんばっています。太宰とかも、メイクは濃いですけど、舞台に立っているのを劇場で見た時に、自然になるように心がけています。

――お話を伺って、改めてビジュアルを見たくなりました。キャラクターによってメイク

が違うと思うのですが、料理のレシピのようなものを残されたりするんでしょうか。

古橋　自分が担当したものはしっかり覚えています。でも、現場に行けなくて引き継《つ》ぎが必要な時などのために、キャストさんの写真に説明を書いてすぐ出せるようにしています。一応メモは作りますが、毎回全く一緒にするかというと、そういうわけでもないんです。最初よりももっとキャラにあったアイシャドウが見つかったり、もっといいやり方が見つかるかもしれないので。そういう時は、どんどん変えていきます。

――ヘアメイクさんも毎日劇場に入られていらっしゃいますよね。客席で見たりとかは……。

古橋　客席で見るのは、場当たりの時ですね。場当たりは本番の確認なので、客席で見られるのは袖《そで》で自分の作業がないシーンだけです。あとは本番と同じように、袖でキャストさんの出入りを確認したり、早着替《はやきが》えの手伝いをしたり、メイクルームでメイクを直したりしています。

舞台本番はメイクさん何人かで作業を分担するので、5～10分くらいの空き時間はありますが、脚本《きゃくほん》によってはずっとつきっきりの場合もあります。第一弾は鳥越さん（中島敦役・鳥越裕貴さん）が舞台上にずっといて、はけてくると倒《たお》れていたので、彼にあわせてメイクを直したりしていました。

なので実は、舞台本番は全部通して見たことがないんです。だからストーリーはわかっていても、キャストさんの表情とかは、パッケージになって初めて見られるんです。

――ちなみに第一弾で印象に残っているキャラは誰《だれ》でしょうか。

古橋　私は敦ですかね。一緒《いっしょ》にヘアメイクに入ってもらった野澤《のざわ》さん（ヘアメイク・野澤文愛《ふみえ》さん）は、芥川ではないかと思います。

――芥川は髪のグラデーションの再現が素晴《すば》らしかったです！

古橋　あれはウィッグを染めています。人によってやり方が違うんですが、衣装を染める染料を使う人もいれば毛束を植えてグラデーションにして行く人もいますね。

——染めたり、植えたり、ウィッグの形を維持《いじ》するのは大変そうなんですが、整髪料《せいはつ》とかも何か特別なものだったりするんでしょうか。

古橋 いえ、使っているのは普通《ふつう》の整髪料です。地毛の時と一緒で、こういうセットはこのスプレーがいいかな、とか考えながらやっています。シャンプーで洗ってケアするんです。

——シャンプーで洗うんですか！

古橋 何公演かに一回は洗ってセットしなおします。劇場の退館時間があるので、毎日全員分は無理なんですけど。次の日がソワレ（夜公演）だけの時が狙《ねら》い目で、ちょっと早めに劇場に入って洗います。白はファンデーションやラメがつくので、敦のウィッグはケアが大変でした。

後で聞いたら「お互《たが》いに迷っていたよね」というのがわかったんです

——メイクしてウィッグの仕上げまで、キャストさんお一人にどのくらいの時間がかかるのでしょうか。

古橋　一番初めにキャラクターの外見をつくるビジュアル撮影の時は、確認《かくにん》やカットなどの調整も含めて、1時間半～2時間頂いています。一回目で基本が決まれば、二回目は1時間～1時間半くらいでしょうか。舞台《ぶたい》本番はメイク20分、髪《かみ》のセットが5～10分ほどで、キャストさん一人30分の目安でやっています。

——舞台本番は、メイクさん何人態勢でいらしたんですか。

古橋　三人でした。本番直前の30分くらいはキャストさんのウォーミングアップがあるので、ヘアメイクに使える時間がトータルで2時間半くらいしかないんです。

普通メイクだけでも男性が30分、女性が1時間くらいかかるんですね。でも一人あたりメイクとウィッグのトータルで30分前後しか時間がない。普通だったら「とんでもない！」となりますが（笑）、ビジュアル撮影《さつえい》をして、メイクの完成形が見えているのでなんとかなります。ウィッグも既《すで》に形をつくってあるので、被《かぶ》ってもらってセットして、10分くらいで仕上げられています。どうしても間にあわない時は、キャストさんの出入りを考えて、とりかかる順番を変えたりもしますね。

——あと、与謝野晶子の髪飾《かみかざ》りがすごく素敵《すてき》なのですが、髪飾りとか帽子《ぼうし》などは、どなたが用意なさるんでしょうか。

古橋　与謝野（与謝野晶子役・今村美歩さん）の髪飾りは小道具さん、帽子は衣裳《いしょう》さんが用意して下さってます。ちなみに国木田の髪のゴムも、小道具さんが用意して下さっています。

――髪飾りや帽子はできあがってきたものを、ウィッグに固定するんですね。

古橋 そうです。小道具さんや衣装さんが「どうしたら留めやすいですか?」と相談して下さるんです。帽子とかは、内側にチュールをつけてもらって、そこをピンで留めます。

――メイクさん、衣裳さん、小道具さん、スタッフさんのチームプレイでビジュアルが成立しているのがよくわかります。横浜、大阪《おおさか》、東京と長期公演でしたが、その中で何か変《へん》更《こう》した部分などあるのでしょうか。

古橋 今回のウィッグは舞台本番用に調整したら、大きな変更はほとんどありませんでした。照明はプランがあって、どの劇場でも同じような当たり方になるので影《かげ》になってしまう部分なども、同じなんですね。場当たりをして問題を解決したら、それを引きずることはあまりないです。

メイクは変えることもあります。鳥越さんは公演の初めの頃《ころ》、黒い眉毛《まゆげ》の上から白い眉マスカラを乗せていたんです。でも「眉毛の色を抜《ぬ》いた方が綺麗《きれい》に色が乗るよ」とお話ししたら、自分から色を抜いて下さったんです。

実は、中島敦のメイクが一番変わっています。最初はアニメのキービジュアルを参考にしていたので、その雰囲気《ふんいき》に寄せてキリッと系でふんわりした色は使わず、かっこよくしていたんです。でも、なんだかしっくりこなくて……。それで最後の方は、アニメ本編の2話あたりの、戸惑《とまど》ったりギャグ顔だったりのかわいい雰囲気のメイクに完全に方向を変えたんですね。そしたら鳥越さんも「いいね！」と言ってくれて。後で聞いたら「お互いに迷っていたよね」というのがわかったんです。本番になっても、お互いにしっくりきていない感じが伝わったので、いろいろ試《ため》してみたらご本人も「良い」と言って下さったので、今回はその方向で固めることができました。

——キャストさんと一緒に作り上げられた過程が、すごく素敵です。今度ビジュアル撮影の敦と、映像の敦を見比べたいと思います。逆に変わらなかったキャストさんも、いらっしゃるのでしょうか。

古橋　ウィッグの調整を除くと、中原中也と国木田独歩はメイクのゴールが見えていたので、ビジュアル撮影の時から変えていません。植田さん（中原中也役・植田圭輔さん）と輝馬さん（国木田独歩役・輝馬さん）に関しては、顔の感じも知っているし、メイクをこうしようと想像もついて、それがそんなに外れなかったんです。そういう意味では鳥越さんも、いつもやらせて頂いているのに「知っているからこそ、わからない」みたいな状態になってしまって……。敦のウィッグも、最初は原作にあわせてカットしていたんですが、鳥越さん自身に合わせた方がいい気がして舞台本番ではウィッグ自体を変えたんです。本当にやってみないとわからない部分がありますす。ビジュアル撮影の時に100%を出したつもりでも、もっと良くなる方法が見えてきたりしますしね。

――舞台特有のライブ感や、チームワーク、現場の〝熱さ〟を感じます！

古橋　今回一緒にメイクを担当した野澤さんも、バンドのメイクをなさっているんですが、その時からキリッとした系のメイクが、すごく上手な方だと思っていました。舞台のお仕事でご一緒して、それぞれ違《ちが》う得意分野があって、お互いに違う部分を補い合いながらやれているのが、すごくいいんだと感じています。

――貴重なお話を、ありがとうございました。

特別鼎談

原作 朝霧カフカ

演出 中屋敷法仁

脚本 御笠ノ忠次

／ CONVERSATION

朝霧カフカ【あさぎり・かふか】

1984年3月17日生まれ。愛媛県出身。

シナリオライター。『文豪ストレイドッグス』、『汐ノ宮綾音は間違えない。』、『水瀬陽夢と本当はこわいクトゥルフ神話』（全てKADOKAWA）のコミック原作や、小説『ギルドレ』（講談社）を手掛ける。

中屋敷法仁【なかやしき・のりひと】

1984年4月4日生まれ、青森県出身。

劇団「柿喰う客」代表。劇団公演では本公演の他に“こどもと観る演劇プロジェクト”や女優のみによるシェイクスピアの上演企画“女体シェイクスピア”なども手掛ける一方、近年では、外部プロデュース作品も多数演出。舞台『黒子のバスケ』（脚本・演出）、『ハイキュー!! “頂の景色”』（脚本）、舞台『文豪ストレイドッグス』（演出）ほか、数多くの演劇作品を手掛ける。

御笠ノ忠次【みかさの・ちゅうじ】

1980年7月24日生まれ、千葉県出身。

脚本家、演出家。Spacenoid Company代表。主な脚本作品：ミュージカル『刀剣乱舞』、舞台『文豪ストレイドッグス』、TVアニメ『東京喰種』シリーズ、他。

舞台のために、僕らが果たすこと

――今日は原作者の朝霧カフカさん、脚本《きゃくほん》を手がける御笠ノ忠次さん、演出を手がける中屋敷法仁さんにお話を伺《うかが》います。まずは、それぞれが舞台《ぶたい》にどのように関わっておられるのか、ご紹介《しょうかい》ください。

朝霧　原作者、というのは「お話を考える人」です。舞台の原作はアニメ『文豪ストレイドッグス』ですが、さらにその元になっている漫画《まんが》があります。それは、お話を考える僕と絵にしてくださる春河35さんとの二人のチームで、最初の物語を作っています。そのなかで僕はキャラクターの台詞《せりふ》や次の展開、新たに登場する異能力者を誰《だれ》にしようか、どうしたらもっと面白《おもしろ》くなるか、といったことを考える担当です。一方で春河さんは、中島敦はこういう髪型《かみがた》でこういう服装、太宰治はこういう髪型でこういう服装……というキャラクターの姿形のアイディアから漫画にするまでのすべてを担当しています。ことに、春河さんはキャラクターデザインの力が素晴《すば》らしくて、敦も太宰も、一度見たら、すぐに「それが誰か？」がわかる姿を生み出してくださるので、その力にはとても助けられています。
二人で創《つく》っていくなかで、アニメ化、舞台化にあたり、さらに僕がどういったことを担当しているか説明すると、基本的にはその先で関わるクリエイターにお任せしているんですが、実は明かされていない裏設定というか、「実はこの人はこういう過去があるから、今、こういう態度を取るんです」といった情報の補足や、「こういうときに、この人はどう動くと思いますか？」といった相談に対して提案する、といったこともやらせて頂いています。ただ、ほとんどのことは、漫画に全部描《か》かれているので特に何かを提案する、ということはなく。アニメはアニメの、舞台は舞台の『文豪ストレイドッグス』を創っていただけたらと思っています。

――それらを舞台の脚本という形にされているのが御笠ノさんのお仕事ですが、具体的にはどういったことをされているのでしょう。

御笠ノ　僕は英語を話せないんですが、脚本はたぶん「翻訳《ほんやく》」のような作業だと考えています。原作があるものを演劇に置き換《か》えるという。ただ、単純に原作の台詞をそのままトレースするのでは演劇にならないんですね。おそらく原作と演劇の両方を知っていないと難しくて、文字には書かれていない部分を汲《く》み取ったり、原作ではこう表現している場面を演劇ではどう表現したらいいのか。そこを実際に舞台上で創り上げるのは中屋敷くんが担当しているので、丸ごと託《たく》すわけですが、そのために、演劇というもので表現できるよう橋渡《はしわた》しする、もっと言うなら意訳する、というのが僕の仕事ではないかと考えています。

――その脚本を託される、中屋敷さんのお仕事を教えてください。

中屋敷　演出、という仕事を、実はいろんな方が誤解されておられるんですが、脚本に書かれていることを単に忠実に再現するのではなく、俳優とスタッフ、舞台美術、照明、音《おん》響《きょう》といった全員で一体どうしたら演劇的に増幅《ぞうふく》させることができるのかを実現することなんです。たとえばシェークスピアの作品を上演するにあたり、蜷川幸雄《にながわゆきお》さんが2003年に上演した『リチャード三世』では物語の冒頭《ぼうとう》に天井《てんじょう》から馬が降ってくる演出をされていましたが、実は脚本には、そんなことはどこにも書いていないんです。でも、演劇的増幅のために必要だと考え、劇的効果を高める為《ため》におこなったと思います。そのように、原作や脚本をいかにして劇場でスケールアップするか？　を模索《もさく》し続けるのが演出家の仕事だと考えています。

――その場合、役を演じる役者の力量なども見極《みきわ》めなければなりません。

中屋敷　それも僕の仕事です。たとえば、「虎《とら》になる」と書いてあった場合、「虎の着ぐるみを用意してほしい」と言う役者と「自分の手足の動きで表現させてほしい」と言う役者がいる。で、どちらが良い悪い、というよりも、この作品の場合はどちらがこの役者に相応《ふさわ》しいのか、より演劇的に増幅できるのか、お客さまに何を伝えられるのか、といったことをジャッジする、あるいは皆《みんな》から提案をもらって考える、といったこともやります。

——さらに照明や音楽、といったものも踏《ふ》まえて、空間を創り上げる、といったことも求められるかと思います。

中屋敷　それはそうですね。基本的に「演出家は劇場空間の奴隷《どれい》です」って、これは僕の言葉なんですけれど（笑）。よく「演出に大切なものはなんですか？」と聞かれますが、俳優と脚本と、僕はいつも劇場空間だと考えています。2次元で書かれた世界を3次元に立ち上げるのが俳優の力で、それを受け取るお客さまのための空間を、ともすれば客席も含《ふく》めた空間を創り出すことが大切だと考えています。

僕らはいかにして
舞台『文豪ストレイドッグス』第一弾《だん》を創り上げたか

——『文豪ストレイドッグス』という作品を舞台化するにあたり、どのようなことを考えたのでしょう。

中屋敷　まず興味があったのが、アニメもあり漫画もあり小説もあるなかで、各々《おのおの》のクリエイターが最適解を出している、と感じたことです。どのメディアで楽しむのがいちばんか？　ということではなく、それぞれの楽しみ方に対して、関わる人々が最大限の努力を払《はら》っていると、わかった時に、僕は演出家として舞台の最適解を目指せばいいんだ、ということを決めました。

アニメではこう描いている、漫画の月刊連載《れんさい》だからこのテンポ、ということに対し、じゃあ舞台ではどうしたらいいか？　ということを考えて、たぶん僕は信じられないくらいアニメを観《み》ました。もちろん小説も漫画も読みましたが、この2つは自分のテンポで読み進めることができるんです。でも、アニメは1話につき時間が決まっているので、「ああ、このタイミングでここまでやるのか」といったことをものすごく勉強させて頂きました。

——そこで、初演となった第一弾の脚本について、御笠ノさんはどのように手がけられたのでしょう。おそらくすべてが初めてで、ゼロからイチを立ち上げる作業だったかと。

御笠ノ　実は僕は、何の前情報もないまま、コミックスの第一巻を手にとっているんです。「これ、すごく面白《おもしろ》いし、流行《はや》りそう……舞台化するんじゃないかな。するなら、きっと僕のところに依頼《いらい》がくるんじゃないかな」と、漠然《ばくぜん》と思っていたんです。だから、お話を頂いた時には、「あ、現実になった」と嬉《うれ》しかったですね。

改めて振り返ると、僕は、一作目ははしゃいでよけいなことをたくさん盛り込んでいました（笑）。物量的に余白があると感じたので、これは遊べるな、と「このキャラクターはこういうことを言いそう」みたいなことをガンガンと盛り込んでいったんです。もし、違《ちが》ったら指摘《してき》して下さるだろうと思っていたら、むしろ朝霧先生が面白がって下さって。

朝霧 いや、本当に面白かったし、キャラクターの特性を摑《つか》んでいて下さっていました。

――たとえば、それはどういったところでしょう。

御笠ノ 冒頭の中島敦の台詞とか原作では言っていないことをたくさん言っているんですよね。なんか、彼なら言いそう、っていうことが次々と浮《う》かんできて、ついつい書いちゃった。

――その脚本を受け取った中屋敷さんにお聞きします。アニメより増えている台詞を中島敦を演じる鳥越裕貴さんならできる、といった判断やその動きをどのように演出されたのでしょう。

中屋敷 僕は本当にアニメを繰《く》り返し観ていたんですね。それで、これは世の中の2・5次元作品を手がけるすべての人に声を大にして言いたいんですが、アニメは「アニメ」というものが単体で存在するんじゃなくて、そこに作画監督《かんとく》さん、音響《おんきょう》監督さん、小物を監《かん》修《しゅう》する人、色彩《しきさい》を決める人などなど、ものすごくたくさんの方々の力が集まって作られているものなんです。だから、アニメの風景をそのまま舞台に乗せちゃダメなんですよ。

この場面で作画監督さんはどう考えてこう動かしたのか、音響監督さんはどう考えてこの音を入れたのか、それを別々に感じることが大切なんです。そこで改めて、アニメの第

1話を観ていくと、動と静の動きのバランスもよくて、敦がちょこまかちょこまか動いていて、ものすごくいろんな方向からカット割りして場面が作られているんです。これが「アニメ」としてこの作品を面白く再構築した結果だと分析《ぶんせき》したので、僕は僕なりに演劇としてこの作品を再構築しなければならないんだとわかりました。

朝霧　僕はもともとすべてのメディアで同じものを観たいわけじゃないんです。原作を1としたら、そこに限りなく近付いて欲《ほ》しいわけではないんです。むしろ、近付けようと努力した結果、原作の0・8くらいになってしまうことが時々起こってしまうので、演劇にするなら演劇にして欲しいんです。

その上で、僕はもともと演劇が大好きなんですが、第一弾はものすごく演劇でした。演劇としてのコメディ部分も楽しませて頂いたし、演劇としてのアクションも堪能《たんのう》させて頂いたし、何より生身の人間が眼《め》の前で叫《さけ》ぶパワーをすごく感じて、「ああ、舞台《ぶたい》をお願いしてよかったな」と思いました。

僕らがとことん、こだわったところ

――脚本《きゃくほん》の中で、御笠ノさんが心がけた部分について伺《うかが》います。

御笠ノ　いくつか初稿《しょこう》にはなかったけれど、KADOKAWAさんたちが「絶対必要です!」とおっしゃって入れた場面もあります。僕自身は正直ピンとこないところもあったんですが……。でも入れるなら、盛り上がるように入れようと思ったし、むしろそういった意見は丁寧《ていねい》に汲《く》み取りました。

あと、僕が個人的に心がけたのは、泉鏡花ちゃんの感情の流れを大切にしました。敦と行動しますが、立場としてはポートマフィア側の人間で敵だし、まだ武装探偵社《たんてい》にいるわけではないので、彼女の思いのすべてを明かすわけにはいかないけれど、心の内を描《えが》きたかったんです。だから「三十五人殺した」という表現を、数を数えることにしたんです。

(※2幕1場、105頁)といっても脚本上では1、2、3……と数字が書いてあるだけなんですよ。それを中屋敷さんが、鏡花ちゃんの数える声に合わせて人々が舞《ま》うように倒《たお》れていく、といった演劇的な演出にしてくれたことで、まるで心象風景を映し出したような空間ができあがったな、と観ていて感じました。

中屋敷　それでいうと、僕はものすごく自分を褒《ほ》めたいんですが……。

――ぜひ！　お願いいたします。

中屋敷　僕は舞台で原作にはない場面を作ったんですよ！　それは中島敦が太宰治(多和田秀弥さん)を助ける場面なんです。(※1幕1場、18頁)アニメもコミックスも敦が川に飛び込んで、次のシーンではもう助けているんです。でも僕は、あの長身の多和田秀弥くんを小柄《こがら》な鳥越裕貴くんが、うお――――！　と抱《かか》えあげる場面を作りたかった。それは敦が自らを顧《かえり》みず、全力で自分よりも大きい太宰を救おうとする姿を見せることが大事だと思ったからで、その場面を入れることで俳優たちの関係も深まると思ったんですよね。

――そこでいうと、とても演劇的だと思ったのは太宰治が自殺未遂《みすい》でドラム缶《かん》に腰《こし》からすっぽりはまっている場面です。

中屋敷　あそこは、絵的に絶対に面白《おもしろ》いと思ったんですよね(笑)。だから、やりたかったんです。多和田くんも面白がってくれました。

朝霧　僕は先程《さきほど》も話したとおり演劇を観たいので、演劇のために変わったというところが観たいんですね。だから敦が太宰を助けるところも、鏡花が数を数えるところも、おおっ、って思っていました。あえて、話題に出ていないところをあげるとしたら、橋本祥平くん演じる芥川龍之介の『羅生門　彼岸桜』ですね。（※2幕9場、198頁）あれが、めちゃくちゃカッコよかった……アンサンブルの皆《みな》さんの動きと黒くはためく布を使って、本当に強そうで「こりゃ、勝てないわ……」って本気で思いました。生身で表現できていることが、ものすごく羨《うらや》ましかったし、「勝てない」って思っちゃったことも悔《くや》しくて、でもすごく嬉しかったんです。

――パッケージの特典映像に稽古《けいこ》初日の顔合わせの挨拶《あいさつ》が収録されていますが、橋本さんが「必殺技《わざ》を出すのが夢だったので、それが叶《かな》いました」と話されていました。

朝霧　あれを出すのはすごく気持ちいいでしょう。

御笠ノ　でも、あの場面も僕は技の名前を書いただけです。きっと中屋敷さんがなんとかしてくれるだろうと信じていました（笑）。ただ、登場するすべての異能を書いたわけではなくて、物語の流れや演劇的物理表現が難しいだろうなというのは省きました。あとは特に自分から異能と言わないけれど、敦を軽々と担《かつ》ぎ上げる宮沢賢治（堀之内仁さん）の場面を入れて、さり気なく見せたりはしました。

中屋敷　芥川の異能の演出は振付《ふりつけ》のスズキ拓朗くんのアイディアもあって、絶対に面白くなるってわかっていたんです。だから、同じ異能の演出で言うなら、僕はむしろ、正木航平くん演じる梶井基次郎が登場する、檸檬《レモン》人間の場面（※2幕4場、118頁）をもっと褒めてほしい！（笑）

――檸檬爆弾《ばくだん》の情景として、檸檬をかぶった人々が次々と登場します。

中屋敷　そうです。そこをあげると、みんな、「は？」となるけど、あそこは梶井基次郎にイラッとしてほしかったんですね。笑いが欲しかったわけではなくて、檸檬のかぶりものをした奴《やつ》らがわらわら出てくることで「こいつ、イラつくなー」という空気を作って、「アイツ、倒したい！」っていう闘争心《とうそうしん》を掻《か》き立てたいというか、観客を挑発《ちょうはつ》したい、と思った場面だったんです。

――ほかにそういった場面はありますか？

中屋敷　これは僕からのアニメを作られた五十嵐《いがらし》卓哉《たくや》監督《かんとく》へのラブコールでもあったんですが、アニメのオープニングで、あのかっこいい曲にあわせて太宰治が落ちていく姿を実際の人間が演《や》ったらどうなるんだろうと思って、作りました。

だから「多和田秀弥くんを本当に落としましょう」と言い出したのは僕です！（笑）　お客さまに重力をリアルに感じてほしくて、オープニングで舞台中央、セットのいちばん高い場所から仰向《あおむ》けに落ちていく演出を本当にやってしまいました。

――脚本から実際の舞台になったところをご覧になっていかがでしょう。

御笠ノ そうですね……何というか、すごく予想通りというか、予想以上に演劇にしてもらったな、という思いがあります。

中屋敷 それで言うとね、御笠ノさんは僕ならわかるだろうと思ってる場所の脚本、ちょっと雑じゃないですか？（笑）

御笠ノ あっ……わかった？（笑） だって、絶対通じると思っているから。

――雑、というか、信頼《しんらい》ということでしょうか。

御笠ノ いえ、「雑」という表現であっています。正にその通りでございます（笑）。だって、必要なことを書いておけば、細かく補足しなくても汲み取ってもらえるって知ってるから。というか、あえて細かく書かないことで予想もしない方向に行くこともあるんです。だから、たとえ1行しか書いてなかったとしても、そこは中屋敷くんの領域なので。

中屋敷 それで言うと、演出は考えるだけですけど実際に体現するのは俳優なんです。ただ、そういった部分とは別にそれぞれのキャラクターの感情の流れはすごく丁寧に書いてもらっていたので、俳優が迷子になることはなかったですね。

――最後に改めて舞台化第一弾《だん》を終えての感想を伺います。

朝霧　よくぞ、最初からこの、すごい方々を集めてくださったな、と感嘆《かんたん》しています。正直に言ってしまうと第一弾からこれほどすごいものを観《み》せてもらえるとは予想していませんでした。第一弾、第二弾……と重ねていくことで、徐々《じょじょ》に完成度を高めていってもらえたら、と考えていたんです。でも、最初から素晴《すば》らしかった。脚本、演出のお二人はもちろん、キャスト、スタッフの方々も含《ふく》め、舞台化にあたり、この座組を集めてもらえたことがすごいなと思っています。

中屋敷　僕は演出という席に座らせてもらっていますが、この作品の素敵《すてき》なところはキャストもスタッフもアイディアを出したくなっちゃうところなんですよね。もっとこうしたらいいんじゃないか、こういうことができるんじゃないか、と、どんどん能動的に考えてくれる作品だと思っていて。きっとこれは『文豪ストレイドッグス』が持つ力だと感じています。

御笠ノ　確かにそういったことはあると思います。さっきの「太宰を実際に落としたい」という話も、僕はその日、稽古場《けいこば》にいたんですよ。中屋敷くんが「落としたい」って言った瞬間《しゅんかん》に殺陣《たて》を付けている六本木《ろっぽんぎ》康弘《やすひろ》くんが「じゃあ、やってみましょうか」って言い出して、さっさとマットを敷《し》き出して、あっという間にいろいろと試《ため》し始めていたもの。

中屋敷　そうだった！

御笠ノ　それはきっと全員が自分の受け持つ仕事に自信があるからで、だからこそ率先《そっせん》していろんなアイディアを出せるんですよね。それができるのはものすごく良い現場なんです。そして、そういう環境《かんきょう》を作ったのは演出家の力だと思います。

——ありがとうございました。

鼎談ライティング／おーちようこ

アニメスタッフコメント

岩崎琢

アニメ『文豪ストレイドッグス』音楽

僕の専門である音楽の話をすると、音楽を聴《き》くということは元々、たとえば教会へ行きミサを聴くことであったり、コンサートホールに行きそこで行われているオーケストラやピアノの演奏を聴くといったような、奏者にとっても聴衆《ちょうしゅう》にとっても生身の行為《こうい》〜経験だったわけです。

それが現代に近づくに従いテクノロジーの発展によりSP盤《ばん》からアナログレコード、CDといった記録媒体《ばいたい》を作ること、そしてそれを買い求め鑑賞《かんしょう》するという、物の製造〜所有という視聴《しちょう》のかたちが主流になり、そして今ではYouTubeなど……いわば情報を共有するといったかたちに変わってきていて、実はそれは音楽だけに限った話ではありません。

そんな現代にあって舞《ぶ》台《たい》を創《つく》る、観るということは勿論《もちろん》昔から連綿と続いているコトではあるのだけれども、でも皆《みんな》が同じ情報を共有できる今の時代だからこそ、生身の経験というものが新鮮《しんせん》な側面、新鮮な価値を持つのではないかな？　と思います。

インターネットに繋《つな》がっていれば、いつでもどこでも誰《だれ》でも、同じ情報にアクセスできるということに対し、芝居《しばい》を観に行くということはその時、その場所に行くことでしか得られない、そして当然その場にいる人たちとしか同じ情報を共有できないということであり、さらにそれこそ客席に降りてきた役者が目の前で自分に語りかけるような演技をするのを目の当《ま》たりにする、といった生身の経験、しかもそんなことが目の前で起こった時、それは正に再現不可能な一度きりの経験であり、さらにそれは、それこそ自分と隣《となり》の席に座っていた人といったような限られたごく僅《わず》かな人としか共有出来ない情報、いわば特権だったりするわけです。

僕は、『文豪ストレイドッグス』の舞台で江戸川乱歩が客席の間から登場した時に、そんなことを思いました。

残念ながら、この舞台で僕の作った音楽は録音されたものなので、それ自体なにか特別な経験とは言い難《がた》いものですが、日常から皆さんの意識を引き離《はな》すきっかけを担《にな》えているならば、多分必要な務めは果たせたのではないかな？

劇場という非日常的な空間で、それまでテレビや本といった、モノを鑑賞するということでしか出会えなかった『文豪ストレイドッグス』の世界にリアルに入り込んでいくワクワク感と、予想もしなかった何かに出会える、かもしれない、特権を楽しんでもらえればと思います。

鈴木麻里　アニメ『文豪ストレイドッグス』アニメーションプロデューサー（ボンズ）

『文豪ストレイドッグス』を舞台化すると聞いたとき、アニメ制作初期の頃の気持ちを思い出しました。

この『文豪ストレイドッグス』という原作を、どうアニメ映像にしようか、スタッフ皆で何度も試行錯誤《さくご》して完成させたこと。第1話の上映会の時は、初めてお客様に見てもらえる喜びで胸がいっぱいになったこと。沢山《たくさん》の出来事を思い出しました。

舞台『文豪ストレイドッグス』は、どうやってスタッフの人達が創っていくんだろう、きっと私達と同じように試行錯誤して創るんだろうな、と自分の思い出を重ねてみたりしました。

そして『文豪ストレイドッグス』の舞台を初めて見る日、なんだかそわそわして緊張《きんちょう》していましたが、上演が始まるとそれは興奮へと変わりました。

私達が考えて考えてアニメを創ったように、舞台のスタッフの人達も、舞台劇として見事に創り上げてきてる、すごい!!

舞台とアニメ、違《ちが》うけど、同じ『文豪ストレイドッグス』を描《えが》くために戦っている同志なんだな！　と、シーンが進むほど、胸が熱くなって感動しました。

舞台はあっという間に終わり、思い切り拍手《はくしゅ》をしながらも、早く現場に戻《もど》ってアニメが創りたくて、うずうずしている自分がいました。

それぐらい舞台からパワーをもらいました。

鑑賞する度《たび》に思うことはいつも同じで、これからも、『文豪ストレイドッグス』を描く同志として、舞台もアニメも全員で一緒《いっしょ》に歩んでいけたら、とても素敵《すてき》だな！　ということです。

舞台スタッフの皆様《みなさま》、これからも一緒に試行錯誤して『文豪ストレイドッグス』を描いていきましょうね。

どうぞ宜《よろ》しくお願い致《いた》します。

■協力　ゴーチ・ブラザーズ

渡木翔紀（ボンズ）

佐藤 靖（オフィス・ウィズアウト）
吉江輝成（バンダイナムコアーツ）

野澤文愛

森田恵美子（東京衣裳）
市橋由規子
杉山浩美

宣伝美術　岡垣吏紗（Gene & Fred）
宣伝写真　上村可織（Un.inc）
進行管理　福田明日香（Gene & Fred）
宣伝美術協力　Gene & Fred

進行管理協力　木下夕菜（KADOKAWA）

舞台「文豪ストレイドッグス」製作委員会
KADOKAWA
バンダイナムコライブクリエイティブ
ゴーチ・ブラザーズ
バンダイナムコアーツ
ボンズ
ムービック

アーティストマネジメント
砂岡事務所
GVjp
スペースクラフト・エンタテインメント
エイベックス・マネジメント
アクロスエンタテインメント
青年座映画放送
キャストコーポレーション
ツインテール
JJプロモーション
アイカナ
ヤザ・パパ
ロックスター
ジャスティスジャパンエンターテイメント
東宝芸能
オーチャード
ジャパンアクションエンタープライズ
バウムアンドクーヘン

舞台「文豪ストレイドッグス」
SCENARIO AND INTERVIEW BOOK スペシャルサンクス

舞台
文豪ストレイドッグス
Bungo Stray Dogs on Stage

原作　テレビアニメ「文豪ストレイドッグス」
演出　中屋敷法仁
脚本　御笠ノ忠次
協力　朝霧カフカ
　　　春河３５

■インタビュー＆コメント寄稿
原作者　朝霧カフカ
脚本家　御笠ノ忠次
演出家　中屋敷法仁

中島　敦　役　鳥越裕貴
太宰　治　役　多和田任益
芥川龍之介役　橋本祥平

音楽　岩崎 琢
アニメーションプロデューサー　鈴木麻里（ボンズ）

衣裳　前岡直子
ヘアメイク　古橋香奈子

「舞台　文豪ストレイドッグス　SCENARIO AND INTERVIEW BOOK」の感想をお寄せください。
おたよりのあて先
〒102-8078　東京都千代田区富士見1-8-19
株式会社KADOKAWA　角川ビーンズ文庫編集部気付
「御笠ノ忠次」先生・「朝霧カフカ」先生
また、編集部へのご意見ご希望は、同じ住所で「ビーンズ文庫編集部」
までお寄せください。

舞台《ぶたい》　文豪《ぶんごう》ストレイドッグス　SCENARIO AND INTERVIEW BOOK《シナリオ　アンド　インタビュー　ブック》

作／舞台《ぶたい》「文豪《ぶんごう》ストレイドッグス」製作委員会《せいさくいいんかい》　著／御笠ノ忠次《みかさのちゆうじ》
原作／朝霧《あさぎり》カフカ　編／角川《かどかわ》ビーンズ文庫編集部《ぶんこへんしゆうぶ》

角川ビーンズ文庫　21656

令和元年6月1日　初版発行

発行者――三坂泰二
発　行――株式会社KADOKAWA
〒102-8177　東京都千代田区富士見2-13-3
電話 0570-002-301（ナビダイヤル）
印刷所――株式会社暁印刷
製本所――株式会社ビルディング・ブックセンター
装幀者――micro fish

本書の無断複製（コピー、スキャン、デジタル化等）並びに無断複製物の譲渡および配信は、著作権法上での例外を除き禁じられています。また、本書を代行業者等の第三者に依頼して複製する行為は、たとえ個人や家庭内での利用であっても一切認められておりません。

●お問い合わせ
https://www.kadokawa.co.jp/（「お問い合わせ」へお進みください）
※内容によっては、お答えできない場合があります。
※サポートは日本国内のみとさせていただきます。
※Japanese text only

ISBN978-4-04-108269-0 C0193　定価はカバーに表示してあります。　◇◇◇

©Bungo Stray Dogs on Stage Partners 2019 Printed in Japan